포스트
구조주의와
문학

포스트
구조주의와
문학

■ 원철 지음

KSI 한국학술정보㈜

≪ 책머리에

　문학은 삶의 실천의 한 형태이다. 문학은 관조적 대상으로서만이 아니라 우리의 삶 속에 있을 때 훨씬 많은 의미를 지닐 수 있다. 우리가 언어를 통해 세계와 사고를 범주화하고 삶을 조직하는 한 문학 또한 그 일부일 수밖에 없기 때문이다. 포스트구조주의 이론은 문학을 다양한 입장과 과정들에 관련시키게 해 주고, 이것은 우리의 위치와 입장을 반성적으로 고찰하게 해 주는 효과를 가진다.

　이 책의 Ⅰ부에서는 포스트구조주의적 언어관을 고찰하는 데서 출발해서 그와 관련된 자아, 주체 등 인간관과 세계관, 그리고 문학관에 대해 논의할 것이다. 먼저 포스트구조주의 언어관을 기표의 선행성과 언어의 물질성이라는 측면에서 살펴본 다음, 자크 데리다(Jacques Derrida)의 해체와 차연과 관련하여 해체비평에 나타나는 의미의 통제 불가능성을 고찰할 것이다. 다음으로는 이와 같은 언어관이 인간 주체에 대한 관점에 어떤 변화를 가져왔는지 살펴볼 것이다. 자아는 언어의 질서에 진입함으로써 언표의 주체와 언표행위의 주체로 분열되고, 여러 담론 속에서 개인에게 주어지는 주체-위치들이 주체성을 구성한다. 전통적인 문학 텍스트는 분열된 자아를 초월적 주체로 구성하는 이데올로기적 기능을 가지고 있다.

Ⅱ부에서는 Ⅰ부의 논의를 바탕으로 샬롯 퍼킨스 길먼(Charlotte Perkins Gilman)의 「누런 벽지」("The Yellow Wallpaper")와 메타픽션을 읽어볼 것이다. 먼저 「누런 벽지」는 서양의 이분법적 사고의 모순을 드러내는 해체적 텍스트, 사실주의 텍스트의 이데올로기적 기능에 저항하면서 독자에게 본래적 자아를 추구하게 해 주는 의문적 텍스트, 그리고 고통스러운 글쓰기 과정을 통해 남성 중심적 담론에 저항하면서 자신의 정체성을 찾으려 하는 자서전적 텍스트로 읽을 수 있다. 이어서 메타픽션을 분석하면서 세계와 주체가 언어적 과정에 의한 구성물이라는 점을 논의할 것이다. 메타픽션은 계몽주의 프로젝트와 근대적 가치관들을 거부하는 포스트모더니즘적 특징을 가지며, 이것은 언어의 재현 가능성에 대한 불신과 주체의 해체에서 잘 드러난다. 따라서 메타픽션에서 언어의 재현 불가능성, 주체의 탈중심화, 역사의 허구성 등이 어떻게 나타나는지를 살펴볼 것이다.

Ⅲ부는 이 책의 주제와 관련하여 그동안 국내 학술지에 발표했던 글들을 수정하고 보완한 것이다. Ⅰ, Ⅱ부와 상호 보완하여 읽을 수 있을 것이다. '문학의 탈신비화와 저항적 자아'는 2006년 12월 중앙

영어영문학회의 『영어 영문학연구』에, '『제5도살장』: 세계와 주체성'은 2008년 5월 새한영어영문학회의 『새한영어영문학』에 발표했던 글이다. 마지막으로 실린 '디지털 스토리텔링과 자서전적 글쓰기'는 2008년 12월 영남대학교 인문과학연구소의 『인문연구』에 발표했던 글인데, 비단 문학뿐 아니라 디지털 하이퍼미디어 기술을 이용한 '자서전적 디지털 스토리텔링'(autobiographical digital storytelling)을 통해 자서전적 자기표현과 정체성을 추구할 수 있는 가능성에 대한 모색의 일환이다. 이미 우리의 삶에 있어서 중요한 부분을 차지한 디지털과 문학의 접점을 찾아보는 것도 가치 있는 작업일 것이다.

끝으로, 이 책이 출판되도록 해 주신 한국학술정보(주) 채종준 사장님과 물심양면으로 지원을 아끼지 않으신 김은선님, 그리고 편집부에 감사드린다.

≪ 차례

Ⅲ___

I

01 · 언어, 인간, 세계

통념적으로 **언어**는 다음 두 가지 기능을 가진다. 그 하나는 언어는 사물들과 개념들에 붙여진 이름들의 목록이라는 것이고, 다른 하나는 우리가 그것을 사용하여 의미를 만들어 내고 세계를 능동적으로 파악할 수 있다는 것이다. 언어는 인간에게 세계, 의미, 그리고 진리에 접근할 수 있게 해 주는 투명한 매개로 간주된다. 그런데 이처럼 언어를 도구로 사용하기 위해서는 인간은 언어를 벗어나 존재하며 그 과정에 오염되지 않은 실체, 언어를 자신의 의도대로 사용해서 의미를 만들어 내고 소유하는 기원적인 존재여야 한다. 이와 같이 언어를 지배하고 그것으로 객관적 대상으로서의 세계를 주체적으로 파악하는 '자아'(self)라는 관념은 이성과 합리성에 토대를 두는 서양의 근대 담론들과 그 뿌리를 같이하고 있다. 흔히 '휴머니즘'(humanism)이나 '계몽주의' (enlightenment)로 대표되는 서양의 근대적 사고체계는 투명한 매개로서의 언어를 사용하는 인간, 개인, 자아, 주체 등에 의해 분류되고 범주화된 하나의 역사적, 정신적 장(場)이라고 할 수 있다. 이 범주화는 세계를 능동적 주체에 의해 수동적으로 파악되는 대상으로 간주하고, 그 세계를 표상 혹은 재현하는 수단으로서의 투명한 언어를 상정함으로써 가능했던 것이다.

그러나 이와 같은 근대의 범주와 가치들에 대한 반성이 많은 분야에 걸쳐 여러 형태로 나타났는데, 언어에 있어서 그 시작은 언어 기호를 지시대상에서 분리한 페르디낭 드 소쉬르(Ferdinand de Saussure)였다. 잘 알려져 있듯이 소쉬르의 언어 기호이론은 크게 두 가지로 요약된다. 하나는 그것이 우리의 머릿속에 기억된 소리의 이미지를 뜻하는 '기표'(signifier)와 그것에 대응되는 개념인 '기의'(signified)로 이루어지는 분절의 단위라는 것이고, 다른 하나는 그것이 나타내는 사물 혹은 개념들의 관계는 자의적 혹은 관습적이라는 것이다. 경계 없는 연속으로서의 땅 위에 금을 긋고 벽을 쌓는 것처럼 언어 기호는 경계 없는 흐름으로서의 음성(기표)과 사고(기의)를 분절한다. 또 특정의 음성 단위와 특정의 개념 단위는 오직 그것이 속한 언어공동체 내에서의 위치에 의해 결합되어 하나의 기호가 된다. 이렇게 구성된 기호는 사물 혹은 개념을 지시하게 되는데, 기호와 지시대상의 관계 또한 언어 체계에 의해 결정된다. 따라서 언어의 구조가 특정 기호의 지시대상과 의미를 결정하게 된다.

소쉬르는 언어를 실제 세계와 독립되어 있는 하나의 독립적이고 안정적인 체계로 파악했다. "언어에는 실명사(實名詞)들 없이 차이들만이 있다."(Saussure 120)는 소쉬르의 말처럼, 언어기호가 의미를 가지는 것은 그것이 지시대상을 향하기 때문이 아니라 언어 체계 내에서의 차이에 의해 가능한 것이다. 이러한 언어관이 결과한 중요한 변화는 세계와 언어의 관계의 역전이다. 세계가 언어를 만들어 내는 것이 아니라 거꾸로 언어체계가 세계를 구성하는 것이다. 개별적인 기호의 의미 이전에 그 전제 조건으로서의 구조를 먼저 생각하는 것이 '구조주의'(structuralism) 언어학의 기본적인 가정이다. 구조는 의미의 조건이다.

언어는 세계를 파악하는 방식이다. 그렇다면, 하나 이상의 언어 공동체에 속함으로써만 의미를 만들어 내고 그 의미의 교환을 통해 사회 속에서 살아가야 하는 인간에게 있어서도 언어구조가 그 전제조건이 된다. 언어는 인간 이전에 존재하는 무의식적 조건이다. 그러나 이와 같은 구조주의적 사고는 보편타당한 불변의 '구조'가 의미를 생산하는 복잡하고 다양하고 구체적인 물질적 조건을 무시하게 될 위험이 있다. 구조는 자연적으로 주어지는 것이 아닌 하나의 구성물로서의 세계라는 인식을 가능하게 해 주었지만, 실제 세계의 역사적이고 특수한 정치, 경제, 문화적 조건들에는 무관심했다. 구조주의가 비판하는 휴머니즘적 주체의 자리에 들어선 구조는 하나의 추상적 중심으로 기능하게 되고 그것은 다양성과 차이를 동일성으로 환원시키게 된다.

이와 같이 세계의 물질적 조건을 무시하는 문제의 해결은 포스트구조주의(poststructrualism)[1]에 와서 시도되었는데, 그 출발점은

---

1 '포스트구조주의'라는 말은 'poststructuralism'을 우리말로 옮긴 것이다. '구조주의'(structuralism) 앞에 붙은 접두어 'post'는 영어에서 한편으로는 시간적으로 뒤에 온다는 뜻에서 '후기'라는 의미를 가지기도 하면서, 다른 한편으로는 앞의 것을 극복하고 넘어선다는 뜻에서 '탈'이라는 의미를 가지기도 한다. 따라서 poststructuralism을 우리말로 옮길 때는 '후기구조주의'와 '탈구조주의'가 모두 가능하다. 김성곤은 poststructuralism이 구조주의를 초월하고 극복했다는 의미에서 '탈구조주의'라는 말을 쓰고 있다(『탈구조주의의 이해』 서울: 민음사, 1988. 11). 그러나 poststructuralism과 구조주의의 관계에서 전자가 후자를 벗어나고 넘어섰다거나, 근본적으로 계승의 관계에 있다는 등의 한 가지 면만을 가지고 양자의 관계를 이야기하기는 어렵다. poststructuralism의 기본 전제가 되는, 불안한 의미 과정으로서의 언어라는 관념은 사실 구조주의에서 출발한 것으로 볼 수 있다. 그러나 다른 한편으로

역시 언어였다. 포스트구조주의에서는 기표와 기의의 관계를 구조에 의한 결합이 아닌 '단절'로 본다. 언어는 기본적으로 음성이라는 물리적 현상, 즉 하나의 사물이라고 할 수 있는데, 이런 관점에 의하면 기표의 내용을 이루는 기의 또한 기표로 볼 수 있다. 예를 들어, '산'이라는 기표에 대한 기의들인 '흙', '나무', '계곡' 등의 기의들도 근본적으로는 자체의 기의를 가지는 기표들이다. 다시 말해서, 하나의 기표에 대한 개념이 되는 기의들은 근본적으로는 다른 기의들에 대한 기표들인 것이다. 따라서 언어는 '기표의 연쇄'이다. 이와 같은 '기표의 선행성'(the precedence of the signifier)은 기호가 단일한 의미로 고정되는 것을 차단한다. 기의와 분리된 기표들이 결합하는 조건과 방식은 셀 수 없기 때문이다. 기호는 단일하게 고정된 의미에 한정되지 않고 역사적으로 특수한 과정 속에 위치해 있다.

자크 데리다(Jacques Derrida)가 "초월적 기의의 부재는 의미화의 영역과 상호유희를 무한으로 확장시킨다."(249)고 지적하는 것도 우리는 이런 의미에서 이해할 수 있다. 특정의 기표를 그에 대응되는 기의에 연결시켜 주는 중심으로서의 구조는 이제 폐기된다. '초월적 기의'(the transcendental signified)는 모든 기표들을 자신의 주위로 모아들이고 그것들을 기의, 구조, 중심, 의미, 진리 등의 기준들로 환원시켜버리는 기원 혹은 목적이다. 초월적 기의는 기표에

---

poststructuralism은 구조주의의 중심적 구조를 상정하는 언어관을 거부하고, 구조주의에서 발전시키지 못했던 지시대상과 분리된 언어의 의미화 과정의 유희를 기본 전제로 하고 있다는 점에서 전자는 후자와의 단절이라는 관점에서 생각해 볼 수 있다. 김욱동은 이런 의미에서 '후기구조주의'와 '탈구조주의' 모두 적절치 못하다고 보고 'post'를 우리말로 음역해서 '포스트구조주의'라는 말을 사용한다(『포스트모더니즘과 포스트구조주의』 서울: 현암사, 1991. 12). 여기서도 이 두 관계를 모두 의미할 수 있도록 '포스트구조주의'로 옮기기로 한다.

부과되는 압력이다. 기표가 중심의 압력에서 벗어날 때 언어는 특수하고 구체적인 목소리들을 담아내는 그릇이 될 수 있다. 구조에 갇히고 중심에 매인 언어는 결국 그 중심을 향할 뿐이다. 언어는 정해진 의미에서 벗어날 때 모든 '의미화'(signification)[2]의 가능성을 지니게 된다. 기의에 선행하는 기표는 수많은 의미화의 기본 재료들이다.

언어 기호의 의미는 동일한 동시에 상이하다. 의미 교환의 매개로서 주어진 기호의 의미는 물론 보편적인 것이어야 한다는 점에서 그것은 동일하다. 그러나 그것은 시간, 장소, 조건에 따라 얼마든지 다른 의미와 용법을 가질 수 있다. 따라서 기호의 의미가 '무엇인가?' 하는 것보다는 기호가 상황과 조건에 따라 '무엇으로 쓰이는가?'가 중요한 물음이 된다. 이 해답은 언어가 위치하는 물질적 조건에서 찾을 수 있다.

기표의 연쇄로서의 언어는 다양한 '의미화의 과정'(signifying process)들을 전경화시킨다. 의미화를 구성하는 것은 특수하고 구체적인 역사적, 문화적, 정치적 조건과 과정들이다. 이 과정들은 물론 공평무사하거나 사심 없지는 않다. 오히려 그것은 미하일 바흐친(Mikhail Bakhtin)이 말하는 것처럼 수많은 이해관계와 관점들이 얽히고 투쟁하는 대화의 장이다. 바흐친은 언어를 연구하는 데 있어서 동질적이고 보편적인 측면이 아니라 특정의 발화가 구체적인 맥락 속에서 가지게 되는 다양한 '가치'들을 중시하며, 언어를 무엇보다도 '대화적'(dialogic)인 것으로 파악한다. 또 구체적인 언어활

---

2 의미화(signification): 하나의 언어 기호가 가지는 일반적인 지시적 의미 외에 특수하고 구체적인 조건, 상황, 담론, 실천 등에서 그 기호가 특정한 의미를 가지게 되는 것을 뜻한다.

동에 있어서 발화의 '의미'(meaning)와 '주제'(theme)를 구분하는데, 의미는 어군의 의미들이나 억양 등 특정 발화의 언어학적 요소들이고, 주제는 언어 외적 요소들, 즉 특정 발화가 발생하는 구체적이고 역사적인 상황이다. 의미와 주제가 서로를 전제하고 있는 것은 분명하지만 중요한 것은 '주제'이다. 또한 모든 발화에는 의미와 주제와 함께 '가치평가'가 개입하게 된다. 특정 사회집단에게 의미와 중요성을 가지는 모든 것들의 총체인 가치평가적인 관점 없이 구성되는 발화는 없고 모든 발화는 무엇보다 먼저 가치평가 지향적이다. 기본적으로 '대화적인' 속성을 가지는 언어는 주제와 가치평가에 의해 실질적인 의미를 가지게 되고 상호 간에 의사소통의 매개가 될 수 있는 것이다(Vološinov 99 – 106).

언어의 대화적인 속성은 소설 속에 잘 나타나 있는데, 바흐찐은 「소설 속의 담론」("Discourse in the Novel")에서 소설 속의 대화는 등장인물들의 화용적인 동기를 가진 끝없는 대화들이고 수많은 대화적 대립들로 가득 차 있다고 말하면서 언어에 있어서 대화의 속성을 다음과 같이 설명하고 있다.

> 언어의 대화는 정적인 공존에서 인식될 뿐 아니라 다른 시대, 시기, 시절들 사이의 대화로서도 인식되는 사회적 힘들 간의 대화이며, 그것은 영원히 죽고 살고 태어나는 대화이다. 여기서 공존과 생성은 모순적이고 다성적이며 이질적인, 풀 수 없는 단단한 통일체로 뒤섞이게 된다.(365)

언어 기호의 의미는 결코 고정되지 않는다. 그것은 특정한 사회적, 역사적, 문화적 조건 내에서의 가치, 판단, 함축적 의미 등이 압축되어 있고 또 그에 따라 변화하는 모순과 갈등의 중심이다. 따라서 언어는 이데올로기의 매체가 된다. 언어가 구조의 한계에서 벗어나는 것은 기표와 기의의 분리에서 시작된다. 더 넓게는, 언어가 세계의 물질적 조건을 특정의 중심이나 구조나 기준에로 환원시키지 않고 다양한 의미화의 과정 속에 위치시키는 것이 가능해지는 지점이 바로 여기다. 우리가 살아가는 세계는 겉으로 보이거나 제시되는 것만큼 안정적이고 고정된 실재가 아니라 불안정한 과정, 모순, 갈등, 투쟁들의 연속이다. 계속되는 과정, 구성물, 다양체로서의 언어는 우리가 살아가는 세계 또한 마찬가지로 복잡하고 다양한 과정, 역사적으로 특수한 구성물임을 드러낸다.

리처드 로티(Richard Rorty)는 「해체」("Deconstruction")에서, "언어가 어떻게든 '인간을 능가한다'는 사실을 깨닫는 것은 새로운 사회 – 정치적 가능성들을 열어줄 것이다."(193)라고 쓰고 있다. 하지만 대체로 서양 세계에서 전통적인 언어관은 로티의 말과는 반대로 인간이 언어를 능가한다는 것이었다고 할 수 있다. 테리 이글턴(Terry Eagleton)은 인간이 언어의 안정된 의미를 소유하고 그것을 자유로이 사용할 수 있다는 관습적인 관념을 '시장(市場)적 언어관'(market view of language)이라고 부른다. 부르주아적 개인주의의 성장과 관련되어 있는 이 언어관에 의하면 "의미는 마치 상품처럼 나의 소유이고, 언어는 마치 돈과 같이 나의 의미 – 상품을 역시 의미의 사적 소유자인 다른 개인과 교환할 수 있게 해 주는 표식"(100)이 된다. 사실 서양의 근대에서 자아는 이와 같이 보편적으로 공유된 언어를 사용해서 세계를 재현하는 존재로 여겨진다. 언어는 세계를 전달하는 투명한 매체이며 인간은 그 언어를 자유자재로 다루는 존재이다. '언어를 능가하는 인간'은 근대적 인간관의 기본 토대이며, 이것은 오늘날에도 일상적으로는 유효하게 간주되는 통념이다.

그러나 물질로서의 언어는 언제나 인간에 앞서 있고, 세계 속에서 인간의 존재 조건이 되며, 명확하고 고정된 의미를 지니지 못하고 자기전복적인 의미를 가진다. 언어의 의미란 기표의 연쇄에 의해 일시적이고 가변적으로 생겨나는 것이며, 따라서 고정된 의미나 진리는 없으며 의미들이 생성되는 과정이 있을 뿐이다. 고정된 세계와 진리를 전달하는 언어관에 의지하여 체제의 질서와 안정을 유지해 온 근대 전통은 끊임없이 다양한 의미들을 만들어 내는 의미화 과정으로서의 언어에 의해 그 정당성이 의문시된다. '인간을 능가하는 언어'가 가지는 '새로운 사회 - 정치적 가능성'을 우리는 근대적 세계관과 인간관에 대한 의문을 제기하고, 보편화하고 전체화하는 '이분법'(binary opposition)적 근대 세계의 문제점을 해결할 수 있는 가능성으로 이해해 볼 수 있을 것이다.

02 • 해체와 차연

데리다는 '해체'(deconstruction)와 '차연'(différance)을 통해 중심적 구조에 의해 고정된 의미를 가지는 투명한 매개로서의 언어란 불가능함을 보여준다. 데리다는 「인문과학 담론에 있어서의 구조, 기호, 그리고 유희」("Structure, Sign, and Play in the Discourse of the Human Sciences")에서 서양은 언제나 의미화체계의 외부에서 의미의 기원이나 근원을 찾으려 하는 '현존의 형이상학'(metaphysics of presence)을 고수해 왔다고 비판한다. 형상(eidos), 근원(arche), 텔로스(telos), 에너지(energia), 본질(ousia), 진리(aletheia), 초월성(transcendentality), 의식(consciousness), 신(God), 인간(man) 등 현존의 형이상학이 만들어 낸 의미의 기원이나 근원으로서의 '중심'은 구조를 조직화하고 구조의 요소들의 유희를 제한하는 역할을 수행했다. 그러나 데리다는 중심이란 현존이 아니라 구조 속에서의 하나의 기능일 뿐이며, 기호에 의한 대체가 무한히 가능한 하나의 비(非)공간으로 인식되어야 한다는 점을 다음과 같이 주장한다.

> 그때부터, 중심은 없으며, 현존하는 존재로 생각될 수도 없으며, 자연적
> 인 장소나 고정된 장소가 아니라 하나의 기능, 무한한 수의 기호 대체물들
> 이 유희하게 되는 일종의 비(非)장소라고 인식해야 했을 것이다. 이 순간
> 은 언어가 보편적 문제틀을 침범하는 순간, 중심이나 기원이 부재한 상태
> 에서 모든 것이 담론 ─ 이 말에 동의한다면 ─ 이 되는 순간, 다시 말해
> 서, 모든 것이 중심적 기의, 기원적 혹은 초월적 기의가 절대로 차이의 체
> 계 바깥에 존재할 수 없는 체계가 되는 순간이었다. 초월적 기의의 부재는
> 의미화의 유희를 *무한*으로 확장시킨다.(249)

데리다가 현존의 형이상학이라고 비판한 서양 형이상학의 전통은 구조의 외부에서 그 구조의 중심, 즉 의미를 찾으려고 하는 로고스중심주의(logocentrism)와 연관되어 있다. 로고스중심주의는 앤 제퍼슨(Ann Jefferson)이 요약하듯이, "진리 개념과 같은, 외부의 어떤 참조점에 기초를 둔 모든 사고 형태"(104)이다. 물론 언어에 있어서의 외부의 참조점은 우리가 논의하는 맥락에서의 구조 혹은 (중심적) '의미'라고 할 수 있을 것이다. 전통적으로 서양에서 언어는 의미 혹은 진리에 접근하기 위한 투명한 매개로 인식되어 왔다.

로고스중심주의는 또한 말/글의 이분법을 토대로 하는 '음성중심주의'(phonocentrism)와 관련되어 있다. 음성중심주의는 말이 의미를 직접 전달하고 그것의 현존을 보증하는 순수한 매개이며, 글은 말에 대한 부차적인 기호이면서 직접성을 갖지 못한다고 보고 말을 우선시하는, 말/글의 이분법적 구별에 의해 의미를 찾으려 하는 현존의 형이상학의 한 형태이다. 여기에서 말은 물질적 조건들을 초월해 있다. 데리다에 의하면 말/글의 이분법적 위계질서에 의해 말은 중심으로 상정되었으며 또한 로고스에 연결되었다. 말, 로고스, 중심은 언제나 구조와 의미화 과정을 벗어나는 초월적인 의미

를 상정하면서 구조와 의미화 과정의 유희를 제한하는 것이었다. 음성중심주의와 로고스중심주의에서 의미는 언어의 역사적으로 특수한 과정을 초월하고 그것에 선행하면서 언어에 현존하는 무엇이다. 진리에 이르는 투명한 매개로서의 언어의 지위를 우선시한 말중심주의에 대해 조나단 컬러(Jonathan Culler)는 다음과 같이 설명한다.

> 이 관점에서 글은 외부적이고, 물리적이고, 비초월적이며, 글은 단순히 표현의 수단이어야 할 것의 작용이 재현되기로 되어 있는 의미에 영향을 미치거나 오염시킬지도 모른다는 위협을 가져다준다. [……] 말하기도 이미 매개이기는 하지만 기표들은 발화되자마자 사라진다. 이 기표들은 불쑥 나타나지 않으며, 화자는 사고가 전달되었다는 것을 확인하는 데 있어서 어떤 애매모호함도 설명할 수 있게 된다. 매개의 불행한 양상들이 명백해지는 것은 글에서이다. 글은 언어를 화자가 없는 상태에서 작용하는 일련의 물리적 표시로 나타낸다. 글은 아주 애매하거나 기교적인 수사적 패턴으로 조직될 수 있다.(91)

컬러는 계속되는 설명에서 말과 의미의 직접적 연관성을 위협하는 글을 비난하고 말에 우선권을 부여하는 음성중심주의는 외부의 참조점으로서의 의미, 진리, 논리를 추구하는 로고스중심주의로 이어지고 있음을 보여준다(92). 이와 같은 일련의 사고들은 의미를 고정시키고 보편화시키려는 시도이다.

글이 의미의 현전을 가로막는 물질적 형식이므로 말의 타락한 형태라는 생각 뒤에는, 말과 달리 글에서는 기호의 유희가 가능하며, 따라서 화자의 통제를 벗어나는 의미들은 유일한 의미, 진리, 이성, 본질 등 순수한 기원에 이르는 것을 가로막을 수 있다는 불안이 놓여 있다. 기호의 유희는 의미화의 과정을 개입시킴으로써 진리와의 직관적 소통에 끼어들어 순수한 의미의 현전을 가로막을 수 있는 것이다. 그러므로 말/글의 이분법은 구조를 통해 중심을 상정하고 의미를 추구하고 기호들의 유희를 제한하는 '폭력적인 위계질서'(violent hierarchy)이며, 중심을 향하는 이 위계질서를 전복시키는 것이 해체전략이다(Derrida, *Positions* 41). 그러므로 말/글의 이분법을 해체하는 것은 의미의 통제가 불가능하다는 것을 보여주는 것이 된다. 따라서 해체가 보여주는 것은, 의미는 외부의 참조점에 의해 주어지는 것이 아니라 오히려 언어적 과정들에 의해 생성되는 것이며, 그 과정 자체가 곧 의미라는 사실이다.

해체적 읽기는 텍스트 외부의 요소나 논리를 사용해서 텍스트를 분석하는 작업이 아니라, 텍스트 내부에서의 읽기를 통해 텍스트가 이미 스스로 해체되어 있음을 밝히는 과정이다. 다시 말해서, 해체는 텍스트의 경로를 따라가면서 내부의 모순을 찾아내 그것을 보여줌으로써 텍스트가 주장하는 의미가 불가능함을 보여주는 과정이다. 따라서 텍스트가 해체되는 과정 자체가 텍스트의 기본적인 구성요소가 되어 있다고 볼 수 있으며, 해체는 단지 이 기본 요소를 텍스트 내에서 찾아내어 보여주는 것이다. 조슈에 하라리(Josué Harari)는, "해체는 *탈침전화* [……] 즉 그 결속에 언제나 이미 새겨져 있던 것이 다시 표면에 떠오를 수 있도록 하기 위해 텍스트를 탈침전화시키는 기법이다."(37)라고 지적한다. 텍스트를 '언제나 이미' 해체하고 있는 요소들과 기호들을 표면으로 떠올리는 탈침전화는 순수한 의미의 현존을 보증하기 위해 서양이 의존해 온 말/글의 이분법을 그 내부에서 해체하는 차연과 관련되어 있다.

'차연'은 언어를 기본적으로 말의 특성, 즉 순수한 의미에 직접적으로 접근할 수 있게 해 주는 투명한 매개라는 측면에서 본 서양의 전통적 언어관을 비판하고, 언어의 기본적인 특성은 글에서 찾아볼 수 있다는 것을 보여주기 위해 데리다가 만들어 낸 신조어이다. '차이 나게 하다'(to differ)와 '연기시키다'(to defer)라는 뜻을 동시에 가진 이 말은 언어의 의미란 시간적, 공간적으로 부재하는 기호들에 의해 어느 한순간에 고정되지 못하며 끝없이 지연될 수밖에 없음을 뜻한다. 차연에 대한 제퍼슨의 다음 설명을 참고해 보자.

> 차연을 설명하는 데 필요한 두 가지 의미는, 언어의 어떤 요소도 텍스트 내의 다른 요소와 관련되어 있다는 것과 그 요소는 다른 요소들과 구별된다는 것이다. 한 요소의 기능이나 의미는 그 요소가 되돌아가고 앞으로 나아가야 할 다른 요소들과의 연합에 의존하기 때문에 완전히 현존하지 않는다. 동시에 요소로서의 그것의 존재는 다른 요소들과의 구별에 의존한다.(Jefferson 105)

그러므로 말은 의미의 현존이 가능한 매개가 아니라, 글이 가진 '차이'와 '흔적'으로 인해 의미가 끝없이 지연되며, 기호들의 유희와 의미화 과정으로 인해 그 의미가 오염될 수밖에 없다. 말이 우선하며 글은 말의 재현에 불과하다는 전통적 언어관은 부정되며, 말과 글은 모두 글의 속성인 차이와 흔적에 의해 작용하는 과정이다. 이렇게 해서 말/글의 이분법적 위계질서는 해체된다. 데리다가 보기에 언어는 말을 통한 기원의 현존이 아니라 글에 의한 의미화 과정들일 뿐이다.

차연이 개방시키는 의미화의 과정에 의한 언어의 생산적인 힘은 화자나 저자가 통제할 수 없는 것이며, 오히려 화자나 저자가 언어의 질서 속에 편입되어 들어가는 것이라고 볼 수 있다. 우리를 편입시키는 언어와 텍스트에 의미는 현존하지 않는다. 그럼에도 불구하고 의미의 현존을 확인하기 위해 차연의 움직임을 억압하는 것은 기원, 즉 초월적 기의의 존재를 믿는 현존의 형이상학에 다름 아니다. 초월적 기의는 기의/기표의 이분법을 통해 기표의 물질적 조건을 순수의미로 환원시킨다.

데니 앤더슨(Danny Anderson)이 "해체는 텍스트에 무엇을 더하는 것이 아니라 애초에 텍스트가 의미하는 것을 가능하게 해 주는 언어의 유희를 확인시켜 준다."(145)고 지적하는 것처럼, 차연에 의해 드러나는 것은 의미화의 조건들이다. 말/글의 구분을 비롯한 이분법적 대립들을 가능하게 하는 '구조' 혹은 중심도 의미화의 결과라고 할 수 있다. 고정되고 안정된 의미란 불가능하다. 오히려 언어는 고정된 의미가 말하고자 하는 것 이상 혹은 그것과 다른 무엇을 말하게 된다. 이것은 문학 텍스트에 있어서도 마찬가지다.

03 • 해체비평: 문법과 수사

언어에 **의해 구성**된 세계는 고정되지 못한다. 이러한 세계는 그 구성의 과정과 조건들에서 분리해서 생각할 수 없으며, 그것들을 통해서만 이해될 수 있다. 세계를 언어에 앞선 것으로 이해하는 관습적 언어관에 기초한 전통적인 문학관에서는, 문학이란 세계와 진리를 재현하고, 그 세계와 진리에 대한 저자의 경험을 재현하며, 이 경험을 명확하게 전달함으로써 독자를 사회에 통합시키는 역할을 하는 '작품'(work)이 된다. 그러나 세계를 언어에 의한 구성물로 파악하게 되면 문학의 고정되고 유일한 재현 대상이란 존재하지 않게 된다. 언어적 구성물로서의 문학은 안정된 세계와 진리와 그것들에 대한 저자의 경험을 전달하지 못하는, 구성의 과정에 있는 '텍스트'(text)가 된다. 문학 텍스트의 의미는 고정된 것이 아니라 그 구성의 과정에 의한 다양한 의미들에 언제나 열려 있게 된다.

문학을 텍스트로 보는 관점은 데리다의 해체이론(deconstructio-nism)의 영향을 받은 해체비평(deconstructive criticism)에서도 찾아볼 수 있다. 해체비평은 언어의 안정적이고 고정된 의미의 불가능성을 인지하고, 텍스트에서 권위적 저자에 의한 중심적 의미가 유지되지 못하며 저자가 주장하고자 하는 의미와는 다른 의미들이 텍스트의 전제조건임을 텍스트 읽기를 통해서 밝히는 것이다. 따라서 그것은 문학 텍스트 속에서 의미를 통제하는 것이 불가능함을 주장하는 데서 시작된다. 폴 드 만(Paul de Man)은 「기호학과 수사」("Semiology and Rhetoric")에서 언어가 가진 논리적이고 지시적 측면인 '문법'(grammar)과 비유적이고 내포적 측면인 '수사'(rhetoric)를 서로 교차시키면서, 문법적 읽기와 수사적 읽기가 공존할 수밖에 없는 텍스트에서 저자가 주장하고자 하는 (문법과 수사 중) 한 가지 의미는 언제나 그것이 억압하는 다른 것에 의존할 수밖에 없다고 주장한다. '문법의 수사화'(rhetorization of grammar)와 '수사의 문법화'(grammatization of rhetoric)(137)는 텍스트가 피할 수 없는 운명이며, 문학 텍스트를 읽는 것은 문법이 수사화되고 수사가 문법화되는 과정을 따라가는 것이다. 그러므로 텍스트에서 저자의 의미는 언제나 언어와 텍스트 자체의 작용에 의해 불가능한 것이 된다.

언어는 복잡하고 다양한 움직임이다. 이것이 가져다주는 것은 의미의 복수성, 데리다의 표현을 빌자면 '의미화의 유희'이다. 저자 또한 이 과정의 효과 혹은 기능일 뿐이다. 제프리 하트만(Geoffrey Hartman)은 『해체와 비평』(*Deconstruction and Criticism*)의 서문에서 "문학 언어는 언어자체를 의미로 환원될 수 없는 무엇으로 전경화시킨다. 그것은 상징과 개념, 쓰인 기호와 주어진 의미 사이의 불일치를 메울 뿐 아니라 열어젖힌다."(viii)고 말한다. '의미로 환원될 수 없는' 언어, 저자에 의한 통제가 불가능한 유희를 드러내 보여 주고자 하는 것이 해체적 읽기의 목적이며, 다시 한 번 하트만의 표현을 빌자면 해체비평은 "낱말들의 '심연'"을 계속해서 들추어내는 것이다(ix).

언어가 가지는 함축적 의미(connotation)들을 가장 잘 보여주며 부분적으로는 그것들에 의해 가능한 것이 문학이라고 할 수 있을 것이다. 이러한 함축적 의미들을 가능하게 해 주는 것은 언어가 가진 '수사'(rhetoric)의 힘이다. 언어에서 논리가 초월적인 영역에 속하는 것이라면, 수사는 차이와 흔적들의 유희의 영역에 속하는 것이라고 할 수 있다. 수사는 논리가 주장하는 의미가 유지되는 것을 불가능하게 만든다. 서양의 형이상학에서의 이 논리와 수사의 대립은 드 만에 와서는 문학 텍스트의 문법과 수사의 대비로 바뀌어 나타난다. 그러나 여기서 문법과 수사 중 어느 것이 우월하지는 않다. 오히려 이 둘은 서로의 작용을 방해함으로써 저자가 말하고자 하는 것을 방해한다. 문법은 텍스트의 논리적 의미와 진리를 주장하고자 하며, 수사는 텍스트의 문법을 지연시킨다. 마찬가지로, 수사는 언어의 다양한 의미를 나타내고자 하며, 문법은 수사의 다양성을 제약한다. 우리는 텍스트에서 저자에 의해 주장되는 논리가 언어에 의해 불가능해지는 과정을 드 만의 읽기 전략을 좀 더 자세히 살펴봄으로써 확인할 수 있다.

드 만은 『맹목과 통찰』(*Blindness and Insight*)에서, 문학 언어의 특징은 기호와 의미가 일치할 수 없다는 데 있다는 점을 다음과 같이 주장한다.

언어에서 기호와 의미가 결코 일치할 수 없다는 사실이 우리가 문학이라고 부르는 종류의 언어에서 당연하게 여겨지는 바로 그것이다. 일상 언어와 달리 문학은 매개되지 않은 표현이라는 오류에서 유일하게 자유로운 언어 형식이라는 것을 아는 데서 시작된다.(17)

기호와 의미가 일치하지 않음으로써 문학은 다양한 의미들에 개방된다. 다시 말해서, 중심적인 권위로 간주되는 저자의 의미가 부정됨으로써 문학 텍스트는 수많은 의미화 과정들로 존재할 수 있는 것이다. 우선 주목해야 할 것은 언어의 수사적 가능성들이다. 텍스트의 문법을 중단시키는 언어의 수사적 힘을 찾아내고자 하는 읽기는 "어지러운 탈선의 가능성들"(Leitch 118)에 마주치게 된다. 여기서 밝혀지는 것은 텍스트의 문법적 논리와 의미가 제시되는 방식이라고 할 수 있을 것이다. 텍스트에서 주장되는 진리는 우리가 현실을 바라보는 방식을 제공하는 것이며, 텍스트 언어의 수사적 가능성들을 텍스트의 유일한 진리에 대립시키는 것은 그 진리가 구성되는 방식을 바라볼 수 있게 해 주는 읽기 방식인 것이다.

해체비평은 먼저 텍스트의 문법적 논리를 지연시키는 움직임의 과정들에 주목한다. 텍스트의 문법은 수사를 억압함으로써 가능해지는 것이면서도, 동시에 수사에 의존함으로써만 가능한 것이다. 드 만이 보여주고자 하는 것은 "문학 텍스트 내의 명백한 비평적 사고나 주제 진술이 나타난 부분들이 사실은 그 부분들에 사용된 수사적 내포를 억압하는 것에 의존하는 것처럼 보인다."(de Man 152)는 것이다. 결국 문학 텍스트에서는 문법과 수사가 서로 대립하면서도 서로를 전제할 수밖에 없다.

문법과 수사의 대립과 상호작용은 텍스트의 전제조건이다. 텍스트에는 주장되는 진리와는 다른 무엇이 있으며, 그 다른 무엇은 바로 텍스트의 필수불가결한 구성 요소이다. 다시 말해서, 작품에서 작가가 표현하는 의미는 그 의미가 억누르는 바로 그것에 의존함으로써 의미할 수 있으며, 그러므로 작가가 겉으로 드러내고자 하는 것과 다른 무엇이 작품 속에는 언제나 존재하고 있다는 것이다. 그러므로 "문학은 찌꺼기를 하나도 남기지 않고 해독될 수 있는 지시적 의미의 확정된 단위로만 생각될 수는 없다"("Semiology" 122). 작품에서 작가의 통제를 벗어나는 잉여의 의미는 문법의 수사화와 수사의 문법화에 의해 설명된다. 언어는 문법에 의해 일반적이고 보편적인 의미를 가지면서도 언제나 독특하고 개별적인 쓰임, 즉 수사에 의해 문법을 벗어난다. 문법의 수사화는 "논리를 근본적으로 중단시키고 지시적 변이의 어지러운 가능성들을 열어젖히는"("Semiology" 129) 언어의 수사적 가능성이며, 이것이 바로 문학이라고 드 만은 말한다.

그러나 문학작품의 문법을 수사화시키는 순간 독자들은 수사적 의미와는 또 다른 문법적 의미와 마주치게 된다. 드 만이 이 논문에서 예로 들고 있는 윌리엄 버틀러 예이츠(William Butler Yeats)의 시 「학교 어린이들 사이에서」("Among School Children")의 마지막 8연을 인용해 보자.

오, 너도밤나무여, 위대하게 뿌리내린 꽃피우는 자여,
그대는 잎인가, 꽃인가, 줄기인가?
오, 몸은 음악에 흔들리며, 오, 밝게 비추는 눈길이여,
춤과 춤추는 이를 어떻게 구별할 수 있을 것인가?

O chestnut‐tree, great‐rooted blossomer,
Are you the leaf, the blossom or the bole?
O body swayed to music, O brightening glance,
How can we know the dancer from the dance?(245)

이 시의 마지막 행의 "춤추는 이와 춤을 어떻게 구별할 수 있을 것인가?" 하는 질문은 전통적인 해석에서처럼, 이 시 전체와의 연관성으로 인해 지시적 의미를 넘어서서 "형식과 경험, 창조자와 피조물 사이의 잠재적 합일"("Semiology" 130)을 지향하면서 수사화되는 것으로 볼 수 있다고 지적한다. 그러나 이 시행은 또한 말 그대로 춤추는 사람과 춤을 구분할 수 있는 방법을 가르쳐달라는 문법적 의미로도 읽을 수 있으며 이 문법적 읽기가 더 가치 있는 독서일 수도 있다("Semilolgy" 130‐31). 저자가 의도하는 수사적 의미는 그 수사화를 가능하게 하는 언어의 문법적 작용에 의해 성취될 수 없게 되는 것이다. 드 만은 또 마르셀 프루스트(Marcel Proust)의 소설 『잃어버린 시간을 찾아서』(*In Search of Lost Time*)의 한 부분을 예로 들면서, 프루스트가 이 장면에서 문법을 수사화시킴으로써 천재적 개성을 보여주려 했지만 사실은 프루스트가 보여준 문법의 수사화는 작가 개인의 천재적 재능에 의한 것이 아니라 우리가 편입될 수밖에 없는 언어의 문법적 작용에 의한 것임을 보여준다("Semiology" 132‐37). 그러므로 "문학의 해체, 즉 수사적 신비화를 문법적 엄밀성에로 환원시키는 것"("Semiology" 138)이 바로 비평의 역할이다. 문학작품에 대해서 문법적 읽기와 수사적 읽기가 양립할 수 없으면서도 동시에 걸쳐져 있다는 점을 드 만은 다음과 같이 설명한다.

하나의 읽기는 다른 읽기에 의해서 거부되고 그것에 의해 취소되는 바로 그 틀림이기 때문에, 이 두 읽기는 서로 직접적으로 마주쳐 대결할 수밖에 없다. 또한 이 둘 중 어떤 읽기에 다른 하나에 대해 우선권이 주어져야 할 것인지를 결정할 어떤 타당한 방식도 가질 수가 없다. 상대의 부재 속에서는 어떤 것도 존재할 수 없는 것이다.("Semiology" 131 – 32)

데리다에게 있어서 '현존'이 '차연'으로 대체되는 것은 드 만에 있어서는 텍스트가 말하고자 하는 것이 실제로 말해지는 것으로 대체되는 것과 같다고 할 수 있을 것이다. 비평은 화해할 수 없으면서도 동시적으로 존재하는 문법과 수사의 대립이 텍스트의 전제조건이며, 따라서 문학 텍스트의 의미가 확증될 수 없음을 보여주는, "의미의 궁극적인 종결에 대한 저항"(Anderson 151)이다. 문학 텍스트에는 저자가 말하고자 하는 것과 다른 무엇이 그 텍스트의 조건으로 내재해 있다고 보고 저자가 말하고자 하는 것과 다른 그 무엇을 찾아내어 보여주는 것이 문학비평의 역할이라고 보는 것이 바로 해체비평이라고 할 수 있을 것이다.

04 · 주체

1) 주체의 소멸

의미의 불확실성과 과정으로서의 언어라는 관념은 세계를 투명하게 전달하는 언어를 통해서 앎을 소유한다고 가정되는 안정적 주체에 대한 비판을 담고 있다. 앞 장에서 살펴본 것처럼 차연과 문법과 수사의 대립이 보여주는 의미화 과정과 언어의 통제 불가능성 속에서는 주체 또한 언어의 기능 혹은 효과가 되며, 여러 의미화 과정들에 의한 주체 – 위치들로 탈중심화되어 있다. 의미의 해체는 곧 주체의 해체와 관련지어 생각해 볼 수 있는 것이다. 언어와 담론의 의미화 과정을 초월하는 의미를 상정하는 것은 그 초월적 의미를 통해서 텍스트의 의미를 통제하려는 욕망을 나타내는 것이라고 볼 수 있다. 텍스트의 의미를 통제하는 것은 인간 주체를 사회에 수동적으로 편입시켜 통제하고 현 상태(status quo)를 유지하고자 하는 시도와 맞물려 있다.

초월적 기의의 부재에 의해 전경화되는 언어의 과정은 주체도 과정에 의한 하나의 구성물이며, 우리에게 제시되는 세계 또한 그러함을 보여준다. 언어를 과정으로 파악하는 것은 세계가 구성되는 과정이 전경화되는 것으로 자연스럽게 이어진다. 이것은 인간이 투명한 언어를 통해 세계를 정확하게 파악할 수 있으며 따라서 진리를 소유할 수 있다는 가정과 그 앎의 실천자와 진리의 소유자로서의 주체를 거부하는 것이 된다. 이와 관련하여 캐서린 벨지(Catherine Belsey)는, 포스트구조주의 이론들은 "우리가 안다고 생각하는 것들의 상대성을 확인하고, 앎의 대상들에 대한 정확한 이해에서 비롯된 진리를 소유하고 있다고 상정되는, 자유주의 휴머니즘 전통의 앎의 주체를 침식한다."(*Critical* 118)고 지적한다. 세계를 과정에 의한 구성물로 파악하는 것은 자연스럽고 명백한 것으로 제시되는 진리에 의해 은폐되어 있던 것들을 밝혀내는 것으로 이어지며, 그 구성에 있어서 선택과 생략의 과정을 드러냄으로써 우리에게 제시된 세계(혹은 세계들)가 가지는 이데올로기를 밝혀내는 것이 된다.

언어와 담론에 의한 구성물로서의 주체는 언제나 불안정하고 가변적인 존재이다. 주체는 일관성 없고 서로 모순적이기까지 한 주체-위치들로 탈중심화되어 있는 것이다. 탈중심화된 주체는 의미, 지식, 행동의 기원으로서의 통합된 자아를 근간으로 하는 자유주의 휴머니즘 전통과 반대된다. 주체를 언어에 의한 효과 혹은 언어 구조 속의 한 요소로 보는 이와 같은 관점은 '주체의 소멸'(the disappearance of the subject)과 관련되어 있다. '주체의 소멸'은 "구체적인 개인이 구조 혹은 체계 속에서 다른 것과 쉽게 대체될 수 있는 일종의 기능으로 환원되는 현상"(정형철, 『T. S. Eliot』 45)이다. 이런 점에서 우리는 중심을 상정하는 억압적인 근대 부르주아 휴머니즘 담론에 저항할 수 있는 가능성을 탈중심화된 주체론을 통해서 모색해 볼 수 있을 것이다. 또한 문학에 있어서는 부르주아 휴머니즘 전통을 지지하고 강화하는 사실주의 문학 전통에 대한 하나의 대안을 찾아볼 수 있을 것이다.

2) 언표의 주체와 언표행위의 주체

체계를 의미의 유일한 원천으로 간주하는 구조주의 언어관에 의해 재현되는 세계는 우리에게 유일하고 중립적인 것으로 제시될 수 있다. 이러한 언어에 의해 구성되어 우리에게 제시되는 특정한 세계는 구성 가능했던 다른 세계들을 억압하고 은폐하는 과정이 포함되어 있다. 우리에게 당연한 것으로 제시되는 특정의 세계는 물론 특정의 이해관계와 권력관계를 지지하고 강화하는 것이다. 선택과 배제를 통해 세계가 구성되는 과정을 은폐하고 통합된 하나의 세계를 제시하는 것은 언어에 의해 분열된 자아의 모순을 은폐하는 것으로 이어진다.

에밀 방브니스트(Emile Benveniste)에 의하면 인간은 언어 속에서 '나'로 설정됨으로써 주체로 구성된다(224 – 25). 그러나 언어 속에서 주체로 구성된 '나'는 필연적으로 말하는 나인 '언표행위의 주체'(the subject of enunciation)와 말해진 것 속의 나인 '언표의 주체'(the subject of enounced)로 분열되고,3 언표의 주체 속에는 언표

---

3 로만 야콥슨(Roman Jakobson)은 「전환사와 동사 범주」("Shifters and Verbal Categories")에서 전환사(shifter)의 구분과 관련해서 '발화체'(narrated event), '발화'(speech event), '발화체의 참여자'(a participant of the narrated event), '담화사의 참여자'(a participant of the speech event)(390)를 각각 구분했다. 안토니 이스트호프(Antony Easthope)는 이

행위의 주체가 완전히 표현되지 않는다. 이것은 본래의 나를 언어의 질서 속에서 표현할 때 오는 자아의 분열이다. 이와 관련하여 안토니 이스트호프(Antony Easthope)의 다음 설명을 참조해 볼 수 있다.

> 그러므로 말하는 주체로서 나는 언표행위의 시간적 과정, 기표 연쇄의 효과(결합체와 계열체가 동시에 작동한다), 음소의 차별화, 통사의 구조에 의존하며, 이런 토대에 의해야만이 나는 나 자신에 대해 말할 수 있다. [……] 나는 나 자신의 담론 속에서 그 일관성에 의해 *재현된* 인물로서 나타냄으로써만 그렇게 할 수 있는 것이다. 나는 언표행위의 주체로서 담론의 과정 속에 있는 나와는 다른 어떤 곳에서 이야기함으로써 나 자신을 확인할 수 있기 때문에 이것은 오인된 정체성이다.(*British* 137)

인간이 담론 속의 주체로 위치하게 되는 것은 사적인 '나'의 전부 혹은 일부를 포기하고 공적인 '나'의 모습을 받아들이는 것이다. 이스트호프의 설명을 바꾸어 표현하면, 나는 원래의 나의 자리와는 다른 자리에서 정체성을 부여받게 되는 것이다. 인간에게 의미 행위를 가능하게 해 주는 언어, 담론, 세계라는 공적인 영역에 포함되는 한 본래의 나는 포기될 수밖에 없다. 그러므로 나는 담론의 공간 속에서 나와 다른 모습으로 표현되는, '오인된 정체성'을 가질 수밖에 없는 것이다. 다시 말해서, 인간이 사회성을 가지기 위

항목들을 각각 '언표'(enounced), '언표행위'(enunciation), '언표의 주체'(the subject of enunciation), '언표행위의 주체'(the subject of enunciation)로 바꾼 다음, 모든 담론에서 말하는 주체가 언표된 것의 주체와 언표행위의 주체로 분리되어 있음을 보여준다.(42) '언표의 주체'는 발화된 문장 속의 주어이며, '언표행위의 주체'는 그 문장을 말하거나 쓰는 발화자이다. 언표의 주체는 언어 질서에 속하면서 언어의 의미화 과정을 따라 주체–위치를 부여받게 되는 사회적 주체이며, 언표행위의 주체는 이 과정이 완전히 표현할 수 없는 본래적 자아이다. 인간이 언어에 진입해서 의미 행위를 하는 한, 이 두 주체 사이의 분열은 필연적인 것이라고 할 수 있다.

해 반드시 편입되어야 하는 언어의 질서는 본래의 나를 완전히 표현하지 못하게 한다.

벨지에 의하면 '고전적 사실주의 텍스트'(classic realist text)들은 이 분열된 주체의 모순을 은폐함으로써 세계를 통합되고 안정된 것으로 독자에게 제시한다(*Critical* 78). 고전적 사실주의 텍스트들은 담론 속에서 통합된 '언표의 주체'의 위치만을 제공함으로써 독자들로 하여금 이데올로기 속에서 통합되고 자명한 주체로서의 위치를 확신하게 해 준다는 것이다. 그러나 담론 속에서의 주체는 언제나 "언어 속에서 특징지어지는 한에서만 의식할 수 있는 의식적 자아와 그 언어 속에서 단지 부분적으로만 재현되는 자아 사이의 모순"(Critical 78) 속에 있게 된다. 고전적 사실주의 텍스트가 이러한 모순적이고 분열된 자아를 통합된 주체로 제시하는 것은 사람들을 자본주의 질서체제에 통합시켜 재생산을 보장하고 기존의 사회질서와 체제를 유지하고 강화하는 이데올로기적 역할을 수행하기 위한 것이다.[4]

3) 약강5음보와 초월적 주체

언표행위의 주체와 언표의 주체로 분열된 주체와 문학 텍스트의 관계에 대한 구체적인 예를 이스트호프의 시론에서 찾아볼 수 있는데, 이스트호프는 르네상스 이후 영국의 시 형식의 주류를 이루었던 '약강5음보'(iambie pentameter)가 독자에게 통합된 주체의 입장을 제시하는 부르주아의 시 형식이라고 주장한다. 이스트호프는

---

4 '고전적 사실주의 텍스트'에 대해서는 본서 Ⅰ부의 6장을 참조.

『담론으로서의 시』(*Poetry as Discourse*)에서 우선 언표의 주체와 언표 행위의 주체를 각각 언어의 두 축인 '결합체적 연쇄' (syntagmatic chain)와 '계열체적 연쇄'(paradigmatic chain)에 연결시킨 후 이 두 주체는, 언어의 두 축이 서로를 전제하듯이, 서로를 전제하는 것이라는 점을 보여준다. 결합체적 연쇄는 좁게는 문장을 이루는 통사적 축이며, 넓게는 텍스트 속에 기호, 요소, 이야기들이 구성하는 선형적 축이다. 계열체적 연쇄는 결합체를 이루는 각 기호, 요소, 이야기들을 선택하고 배제하는 일종의 무의식적 축이다. 서술된 내용의 주체를 뜻하는 언표의 주체는 기의의 결합체적 연쇄 속에 있는 안정되고 통합된 투명한 의미로서의 담론 속에서 중심을 이루고 있다. 발화하는 화자와 듣거나 읽는 것에 의해 의미를 생산하는 청자까지도 포함하는 언표행위의 주체는 언표된 것의 바깥에서 기표의 계열체적 연쇄를 따라 물질적인 과정으로 나타나는 물질로서의 담론 속에서 탈중심화되어 있다. 안정되고 통합된 기의로서의 언표의 주체의 의미는 물질성의 법칙에 지배되는 기표로서의 언표 행위의 주체의 과정 중의 일시적인 결과로서 나타나며, 담론을 구성하는 데 있어서 이 두 주체는 서로를 전제하고 있다(34-40).

이스트호프는 방브니스트가 언표행위의 두 가지 방식으로 분류했던 역사(history)와 담론(discourse)을 '언표'의 내면에서 주체가 제시되는 두 가지 방식의 구별로 대체하면서 이것을 영국의 시적 담론과 연결시키고 있다. 방브니스트가 말하는 '역사'는 '나'(je)나 '너'(tu)와 같은 일인칭과 이인칭이 아닌 삼인칭 대명사에 의존하는 서술방식인데, 이러한 역사적 서술은 서술자가 개입하지 않는 듯한 효과를 가진다. 그에 비해 '담론'은 역사적 서술방식에서는 찾아보기 힘든 일인칭과 이인칭 대명사에 의존하는 서술방식이다. 인칭에 의해 서술방식을 구분하는 것은 서술의 순간에 현존하는 일인칭과 이인칭이 부재하는 삼인칭과는 명백히 대비되는 것이기 때문이다. 방브니스트는 인칭 표지인 일인칭과 이인칭을 가지고 '화자'와 '청자'를 분명히 설정하는 담론을 화자와 청자를 가정하고 화자가 일정한 방식으로 청자에게 영향을 미치려는 의도를 가지는 발화로 규정한다(205 – 09).

주체가 '함축'되어 있는 비인칭적 서법인 역사에는 서술자보다는 서술되는 내용에 우선권이 주어지는 반면, 주체가 '명시'되어 있는 인칭적 서법인 담론에는 서술되는 내용보다는 화자에 우선권이 주어져 있는데, 이스트호프에 의하면 이 일인칭 담론이 특히 영국의 부르주아 시적 전통과 연관된 것으로서 독자에게 재현된 화자와의 동일시를 제공하는 시적 담론이 된다. 일인칭 담론으로서의 약강5음보는 그 속에서 누군가가 실제로 말하는 듯한 효과를 가지게 되며, 독자는 시 속의 이 명시적인 주체에 자신을 동일시하게 된다. 따라서 독자는 운율에 의해 전경화되는 언표의 주체에 동화된다. 언표의 주체로서의 위치를 제공하는 것은 언표행위의 주체를 억압하는 것이다.

이스트호프는 영시의 운율의 대부분을 차지하는 약강5음보가 다른 운율에 비해 결합체적 연쇄를 이루고 있어서 주체의 일관성을 강화하고, 고른 억양을 유지하고 있어서 언표의 주체를 명확하게 제시하기 때문에 독자에게 초월적 주체의 위치를 제공하는 부르주아 담론으로 작용할 수 있다고 주장한다. 이스트호프는 먼저 결합체적 연쇄와 주체의 관계에 대해서 다음과 같이 설명한다.

> 5음보는 통사구조에 '더 강력한 목소리'를 부여하는데, 다른 운율과 비교해서 그것이 *결합체적 형태*이기 때문이다. 그리고 주체의 일관성은 결합체적 연쇄를 따라 의도된 의미의 결과이기 때문에, 운문에서 약강5음보는 주체의 일관성을 떠받치고 촉진하는 경향이 있는 것이다.(*Poetry* 71)

다른 문학 장르와 달리 시는 기표를 전경화하는 특성을 가지고 있는 데 반해 약강5음보는 강세를 조절하고 고른 억양을 유지함으로써 시의 리듬을 후퇴시키고 자신의 운율성을 부정하면서 기표의 활동을 억제하고자 한다. 이렇게 함으로써 시를 읽는 사람에게 시 속에 재현된 화자나 서술자와 동일한 주체와의 상상적 동일시를 제공해 주게 된다. 그러므로 약강5음보가 제시하는 주체는 언표와 언표행위로 분열되지 않은 주체이다.

> 약강5음보는 언표된 것의 주체의 위치를 위해 언표행위의 주체의 위치를 부정하는 작용을 한다. *그것은 시에 재현된 목소리를 위해 시에서 말하고 있는 목소리, 시가 말하는 것을 말하는 목소리를 거부하는 것이다.* 따라서 5음보는 '실제로' 말하고 있는 누군가의 재현을 조장할 수 있는 것이다. [……] '자연스러운 말하기의 운율법'의 운율성을 없애버림으로써 5음보는 시적 담론을 투명하게 해 주며, 이것은 시를 읽는 것을 재현된 화자나 서술자의 말하기와 동일시하고자 한다. 그것은 독자를 이 단일한 목소리, 이 재현된 현존과의 상상적 *동일시의* 위치로 끌어내는 것이다.(*Poetry* 74 - 75)

약강5음보는 그 엄밀한 규칙성으로 인해 형식에 주의를 기울이지 않게 함으로써 시 속의 개인의 목소리를 드러내게 하는 효과를 가지게 된다. '실제로 말하고 있는 누군가의 재현을 조장하는', 즉 시 속에서 실제로 누군가가 말하는 듯한 효과를 가지는, 언표와 언표행위의 주체를 통합시키고 기의를 기표에 우선시킴으로써 통합된 주체의 위치를 제공하는 시의 예를 우리는 16세기 후반의 소네 트에서 찾아볼 수 있다. 다음에 예로 들 윌리엄 셰익스피어(William Shakespeare)의 「소네트 73」은 이스트호프에 의하면 약강5음보와 통사구조에 의한 결합체적, 선형적 구조를 유지함으로써 시의 형식 을 투명한 것으로 후퇴시키고 의미를 전경화시킬 수 있게 된다.

한 해의 그때에 그대는 나에게서 보리라
누런 이파리들이 하나도 없는, 아니 거의 없는
한때는 새들이 지저귀던 나뭇가지
그 헐벗은 성가대석이 추위에 떨고 있는 것을;
그대는 나에게서 보리라 낮의 밝음은
해가 서쪽으로 넘어가면
어두운 밤이 하나씩 데려가는 것을
모든 것을 잠들게 하는 죽음의 또 다른 자아가;
그대는 나에게서 보리라 타오르는 불은
그의 젊음의 재 위에 놓인 것을.
그것이 태워야 할 죽음의 자리가
그것을 타오르게 하는 것과 함께 사라져가는 것을;
그대의 사랑을 더 견고하게 해 줄 이것을 그대는 알게 되리라,
그대 영원히 남겨두어야 할 것을 사랑하게 되리라.

That time of year thou mayst in me behold,
When yellow leaves, or none, or few do hang
Upon those boughs which shake against the cold,
Bare ruined choirs where late the sweet birds sang;
In me thou seest the twilight of such day
As after sunset fadeth in the west,
Which by and by black night doth take away,
Death's second self that seals up all in rest;
In me thou seest the glowing of such fire
That on the ashes of his youth doth lie,

As the deathbed, whereon it must expire,
Consumed with that which it was nourished by;
This thou perceiv'st, which makes thy love more
strong,
To love that well, which thou must leave ere long.
(Duncan - Jones 257)

이스트호프는 이 시가 기표를 억압하고 기의를 내세움으로써 독자에게 언표의 주체를 제시한다고 본다. 정교하게 위계화되어 있는 통사구조가 반복되면서 선형적 연쇄가 견고하게 유지되고 있으며, 기표와 기의의 통합을 촉진함으로써 실제로 말하는 듯한 누군가를 재현하게 되고 따라서 독자에게 언표의 주체라는 일관된 위치를 제공하게 된다. 이 소네트의 전반적인 구조는 '기표의 기의에의 종속'(*Poetry* 103)이며, "생생하고 실제적인 화자의 재현을 통해서 이 시는 독자의 언표행위의 주체로서의 위치를 부정하고 언표의 주체의 위치를 전경화시킨다."(*Poetry* 107)는 것이다.

고전적 사실주의 텍스트와 약강5음보는 모두 언표행위를 억압하고 언표의 주체만을 제시함으로써 독자를 초월적 주체로 구성하는 부르주아 문학담론의 형식들이다. 여기서 숨겨지는 것은 문학에 관련된 사회적, 역사적 과정이다. 특정한 것이 서술되는 방식보다는 내용, 즉 언표에만 관심을 기울이는 텍스트는 그 생산의 과정과 조건을 은폐함으로써 목적을 달성한다. 문학을 통해 현실적인 모순들을 무마시키고 문학을 이데올로기로 기능하게 하는 이러한 지배담론은 또한 언어적 구성물로서의 주체를 자연적인 것으로 제시하는 것에 의해 가능하다.

4) 자아의 분열과 주체 – 위치들

언어가 세계를 구성하고 그것을 가치가 배제된 중립적인 세계로 제시하는 것은 개인을 주체로 구성함으로써 가능해진다. 루이 알튀세르(Louis Althusser)는 언어와 주체의 관계를 이데올로기와 주체의 관계로 바꾸어 설명한다. 알튀세르는 이데올로기가 언어처럼 그 속에 주체를 구성하며, 또한 그 주체라는 범주에 의해서만 하나의 사회적 실천으로 작동할 수 있다고 설명한다. 성숙한 자본주의 국가들에서 체제 유지에 필수적인 자본주의 생산양식의 재생산을 보장하는 것을 도우는 국가 기구들의 작동 방식을 논하는 「이데올로기와 이데올로기적 국가기구」("Ideology and Ideological State Apparatuses")라는 글에서 알튀세르는 이데올로기를 "개인들이 자신들의 실제 존재 조건에 대해 맺고 있는 관계의 상상적인 '재현'"(109)으로 정의한다. 개인을 그에게 할당된 위치로 '호명'(interpellation)함으로써 이데올로기는 우리에게 제시되는 세계가 이데올로기적으로 구성된다는 것을 은폐하고 하나의 중립적인 세계인 것처럼 위장할 수 있다는 것이다. 이것은 이데올로기에 의해 호출된 주체가 모순되거나 분열되지 않고 통합되어 있을 때 가능하다. 이를 위해 이데올로기는 주체의 위치를 너무나 명백한 것으로 제시하는 것이다.

그러나 주체는 안정적이고 통합적인 상태가 아니라 여러 주체 – 위치들로 분산되어 있다. 자크 라캉(Jacques Lacan)은 인간이 차이와 언어의 세계에 진입하는 과정에서 자아는 인식되는(오인되는) 자아와 인식하는 자아, 담론 속의 자아와 말하는 자아로 분열된다고 설명한다. 라캉에 의하면 인격의 발달 과정은 '상상계'(the imaginary order)에서 '거울단계'(mirror stage)를 거치면서 오인된 자아를 형성하고, 그 자아 속에서 본래의 나를 소외시키고 '상징계'(the symbolic order)에 진입하여 사회적 의미 과정 속에 편입되는 과정을 거친다고 대체적으로 이야기할 수 있다. 이 과정은 자아와 주체의 형성이 언어적 질서에 편입되는 일련의 과정과 맞물려 있음을 보여준다. 아이는 거울에 비친 자신의 이미지를 보고 외부와는 구별되는 통일체로서의 자신을 처음 인지하고 그 이미지와 자신을 동일시하는데, 자신이라고 인식하는 이미지는 자신의 외부 대상이기 때문에 자아에서 자신은 소외되어 있다. 아이가 '거울단계'(the mirror stage)에서 거울에 비친 자신의 모습에서 확인하는 자아는 본래의 자기가 아닌 하나의 영상이므로 그것은 오인된 자아이다(1 – 7). 자아는 본래적으로 주어지는 것이 아니라 다른 무엇을 통해 구성되는 것이다. 따라서 자신이라고 확인하는 자아의 모습에서 본래의 자신은 소외되어 있는 것이다. 이 오인된 자아는 '외디푸스 콤플렉스'(Oedipus Complex)를 거치면서 '아버지의 이름'(the – Name – of – the – Father)으로 대표되는 언어의 세계, 즉 사회 문화적 질서에 편입되어 자신의 위치를 할당받음으로써 사회적 '주체'가 된다. 사회와 문화의 기표의 연쇄를 따라 미끄러짐을 무한히 반복하는 이 주체는 본래의 자기를 완전히 표현할 수 없다. '나'는 본래적 나와 사회적 나 사이에 분리되어 있고, 이 분리의 기준이 바로 언어이다. 그러므로 언어적 주체는 완전한 나가 아닌 의미화 과정을 따라 움직이는 "과정 중의 주체"(Kristeva 15)이다.

여기서 일어나는 것은 인식되는 '나'와 인식하는 '나'의 분열이다. 인간이 의미 행위를 하기 위해서는 언어의 질서에 진입하는 것이 필수적이다. 언어의 세계는 '아버지의 이름'으로 대표되는 사회 문화적인 질서인 상징계인데, 이 질서 속에서 '나'에게는 나에 대한 타자들의 담론들에 의해 주체-위치들이 주어져 있다. 인간이 차이와 언어의 세계에서 자신의 주체-위치들을 확인하고 주체성을 부여받게 되는 과정을 벨지는 다음과 같이 요약한다.

> 말을 하기 위해 아이는 차별화해야 한다. 자신에 대해 말하기 위해 아이는 '나'와 '너'를 구분해야 하는 것이다. 자신의 필요를 형상화하기 위해 아이는 일인칭 단수 대명사와 동일시하는 법을 배워야 하며, 이러한 동일시가 주체성의 토대를 이루게 된다. 그 결과 아이는 자신과 다른 사람들에게 담론을 이해할 수 있게 해 주는 일련의 주체-위치들('그' 혹은 '그녀', '소년' 혹은 '소녀' 등등) 속에서 자신을 확인하게 된다. '정체성', 주체성은 그러므로 주체-위치들의 모체이며, 이들은 일관성이 없거나 서로 모순될 수도 있다. ("Constructing" 596)

아이가 자신과는 다른 거울 속에 비친 영상에서 자신의 모습을 최초로 확인하는 것처럼, 인간은 자신의 모습을 언어와 담론들 속에서 발견한다. 그 언어와 담론들 속에서 '나'는 구성된다. 따라서 '나'의 주체성은 내가 수동적으로 편입되어 들어간 언어와 담론들 속에서의 위치들이 모이고 충돌하고 흩어짐을 반복적으로 일어나는 모체인 것이다. 그러므로 지식과 의미와 행동의 기원으로서의 주체관은 더 이상 유지되지 못한다.

인간은 언어를 말하기도 하지만 언어에 의해 말해진다고도 할 수 있다. 언어에 진입한 인간에게 주어지는 것은 문장의 주어의 위치, 담론에 정해진 주체의 위치일 뿐이기 때문이다. 언어의 규칙이나 담론의 질서는 주체가 알거나 정할 수 없는 것이다. 그렇다면,

주디스 페허 구어위치(Judith Feher Gurewich)의 지적처럼, "우리는 말할 뿐 아니라 우리의 담론과 정신을 따라 흐르며 우리의 의식적인 삶을 형성하고 인지하거나 이해할 수 없는 방식으로 우리를 타자들에게 연결시키는 보이지 않는 법들에 의해 말해진다."(8)고 할 수 있다. 결국 자아는 자신을 주체로 구성해 주는 타자들의 담론을 따라 계속해서 그 위치와 입장을 바꾸게 될 뿐, 통합되고 안정적인 주체는 존재할 수 없게 된다. 이것은 자유주의 휴머니즘이 가정하는 담론과 재현 이전의 존재론적 자아와는 전혀 다른 설명이다. 데카르트의 '생각하는 자아', 즉 '코기토'(cogito)는 의미 이전에 존재하면서 자신이 의미를 창조하는 기원이 되는 '나'인 반면, 라캉이 주장하는 것은 언어와 담론이 '나'에 선행하며 '나'는 언어와 담론에 의한 구성물이라는 것이다. 아니카 르메르(Anika Lemaire)가 "인간은 기표의 원인이 아니라 그것의 결과이다."(68)라고 말하는 것도 이와 같은 맥락에서 생각할 수 있다. 바꾸어 말해서, 인간은 개인의 차원을 떠난 언어의 영역과 그 언어에 기초한 담론과 이데올로기적 구조들에 의해 주체로 결정되는 존재이다.

그러나 또한 세계는 주체성 없이는 구성될 수 없다는 것도 부인할 수 없는 사실이다. 인간이 비록 사회의 구조들에 편입되고 그 힘에 의해 수동적으로 결정되는 존재라고 하더라도, 그 사회가 구성되기 위해서는 개개인의 주체성이 반드시 필요하기 때문이다. 정형철의 지적처럼, "우리는 현실과 역사의 구체적 맥락과 역동적 장에 의해 결정되는 수동적 개인이라는 것이 사실이지만 동시에 그 현실과 역사를 형성하는 창조적 주체이기도 하다는 점을 부인할 수는 없는 것이다"(『현대 미국문학비평』 81). 따라서 우리의 주체

성은 근대 휴머니즘에서 상정하는 초월적 주체 대신에 여러 담론
들 속에서의 주체-위치들에 의해 가변적이고 일시적으로 구성되
는 것이라고 할 수 있을 것이다. 이러한 주체가 지식과 의미와 행
동의 기원으로서의 확실성을 상실한다는 것은 부정적 측면으로 볼
수 있다. 그러나 인간을 담론적, 사회적 주체-위치들로 파악하는
것은 휴머니즘적 주체의 확실성에 의해 은폐되고 억압되는 진정한
자아의 모습을 추구할 수 있게 해 준다는 점에서 그 의의를 찾을
수 있다.

05 · 문학 텍스트의 이데올로기적 기능

일군의 텍스트들에 문학이라는 지위를 부여해 주는 것은 텍스트에 고유한 본성이 아니라 문학 텍스트들과 다른 텍스트들을 구분 짓는 역사적인 조건들이다. 기존의 문학계가 구성해 놓은 문학정전은 그 시대의 이데올로기적 구성물일 뿐이며, 다른 사회적·역사적 조건들에 의해서 언제든 다시 구성될 수 있는 것이다. 그러므로 문학을 담론으로 보는 것은 문학에 있어서 근본적인 문제인 문학제도에 대한 논의와 관련되어 있다. 이글턴은 『문학이론입문』(*Literary Theory: An Introduction*)에서 '문학'이라는 것은 기존의 문학계가 자의적으로 정해 놓은 글들의 종류와 범위들이라는 점을 지적한다. 특정의 글이 문학에 포함되거나 배제되는 것은 기존의 문학제도가 가진 권력에 의해 정해지는 것인데, 이렇게 만들어진 문학은 사회의 지배권력의 이데올로기를 암암리에 지탱하고 강화시켜 주는 역할을 하게 된다. 문학을 다른 담론들과 구분해 주는 문학만의 '본성'은 없으며, 시대와 사회마다 다를 수밖에 없는 문학은 특정한 시대의 가치판단의 체계에 의한 결과인 것이다.

그러므로 문학이라는 것을 정해진 범위에 한정시켜서 다른 모든 것으로부터 분리할 수 있는 관조적 대상으로만 다룰 것이 아니라, 보다 넓은 사회 속에서 목적과 기능을 가진 '실천'의 형태로 파악해야 한다는 것이다(175 – 80).

문학을 담론적 구성물로 분석하는 것은 텍스트 자체를 면밀히 분석하고 거기에서 의미를 찾고자 하는 텍스트 중심적 해석에서 문학제도와 관련된 사고체계를 분석하고 설명하는 데로 관심을 옮겨가는 것이다. 19세기 이후 본격적으로 연구되기 시작한 영문학에서 문학정전을 구성하는 데 기준이 되는 주요 이념은 자유주의 휴머니즘이었다. 자유주의 휴머니즘은 개인이 사회의 자유로운 주체라는 것, 사회 구성원 모두가 공유할 수 있는 동질적이고 보편적인 지식이 있다는 것, 그리고 이 지식은 투명한 언어를 통해 온전하게 전달될 수 있다는 것 등의 가정에 기초하고 있다. 문학을 통해 현실적인 모순들을 무마시키고 그것을 이데올로기로 기능하게 하는 이러한 지배담론은 또한 역사적 구성물로서의 주체를 자연적인 것으로 제시하는 것에 의해 가능하다.

사실주의 문학은 저자는 사회적, 역사적 맥락과는 상관없는 개인적 경험과 의미를 가질 수 있고 문학작품은 저자의 이러한 내면세계를 투명하고 충실하게 반영할 수 있다는 것을 전제한다. 저자의 현존이 보증된 통합된 작품은 독자로 하여금 저자의 의미에 접근할 수 있도록 함으로써 독자를 자유롭고 통합된 주체로 제시하게 된다. 문학작품은 저자와 독자를 연결하는 투명한 매개가 됨으로써 독자를 초월적 주체로 구성하는 이데올로기로 기능하게 되는 것이다. 그러나 문학에 있어서 의미의 자유로운 창조적 원천으로서의

'초월적 저자'는 텍스트에 의한 결과 혹은 기능이다.

롤랑 바르트(Roland Barthes)는 「저자의 죽음」("The Death of the Author")에서, 문학작품의 저자라는 것은 서양에서 근대에 들어와 '개인'(individual)이 발견되고 난 후 생겨난 하나의 생산물이라고 주장한다(142 – 43). 계속해서 바르트는 문학작품에서 저자라는 것이 일단 인정되면 그 저자와 작품은 이전과 이후의 시간관계를 맺게 되며, 이것은 비유하자면 아버지와 아들의 관계라고 말한다. 그러나 이와 달리 새로운 글쓰기에서는 글 쓰는 사람은 텍스트와 동시에 태어나며, 글쓰기에 선행하거나 그것을 능가하거나 서술하는 주어도 아니며, "언표행위의 시간 외에 다른 시간은 없으며 모든 텍스트는 영원히 *지금 여기서* 쓰인다."(145)고 주장한다. '저자의 죽음'은 글쓰기의 과정 자체, 그리고 의미의 문제와 관련되어 있다. 바르트는 계속해서 다음과 같이 설명한다.

> [……] *글쓰기*는 더 이상 기록, 주석, 재현, '묘사'(고전주의 작품들처럼) 등의 작용을 나타내지 않는다. [……] 언표행위가 그것이 발화되는 행위 이외에는 다른 어떤 내용도 가지지 않는(어떤 명제도 포함하지 않는), 흔하지 않은 언어 형식(일인칭과 현재시제에만 주어져 있는)을 가리킨다.(145 – 46)

언표행위의 주체들(텍스트를 쓰는 사람과 읽는 사람들)은 텍스트의 내용에 대한 권위를 가진 저자의 의미를 수동적으로 해석하는 사람들이 아니라, 텍스트를 쓰는 행위와 그것을 읽는 행위에 의해서 텍스트와 함께 '구성되는' 사람들이다. 텍스트라는 공간 속에는 저자/독자, 중심/주변, 선/후 등의 구분에 의해 특권화되는 존재는 없다. 여기서는 모든 것이 언어와 요소들의 움직임의 효과일 뿐, 의미와 진리에 있어서 권위의 원천이 되는 저자는 없다.

저자의 죽음의 결과는 작품에서 텍스트로의 전환이다. 바르트는 『작품에서 텍스트로』("From Work to Text")에서 '작품'은 저자의 의도를 담은 하나의 종결된 구조인 반면 '텍스트'는 "불연속, 겹침, 변화 등이 계속되는 움직임"(158)이며, "언어처럼 그것은 구조는 있지만 종결되지 않은 채 중심에서 이탈해 있다."(159)고 설명한다. 텍스트는 선형적 진행에 의해 명확한 의미를 산출해 내려는 작품과 달리, 요소들의 복잡한 얽힘이기 때문에 저자의 정확한 의도나 외부의 지시대상을 가지지 못한다. 그것은 또한 확정된 단위가 아니라 텍스트와 외부 요소들이 겹치고 가로 질러가는 열린 공간이다. 여기서는 저자 역시 부정되는데, 텍스트에서 저자는 "모든 형이상학적 지위를 박탈당하고 하나의 장소[교차지점]로 환원된 존재"(Selden 132)이다. 텍스트라는 개념은 문학을 고정된 의미를 가진 폐쇄적이고 닫힌 경계가 아니라 활동적이고 생산적인 공간으로 파악하는 것이다.

한편, 미셸 푸코(Michael Foucault)도 저자를 글을 창조하는 작가의 개념으로서가 아니라 한 사회 내에서 담론이 생산되고 유통되는 방식에 의해 생겨난 하나의 기능으로 파악하고 있다. 푸코에 의하면 저자란 18세기와 19세기에 들어와서 텍스트에 대한 소유권이라는 개념이 생겨나면서 등장하기 시작했다. 그러나 이 저자의 기능은 "한 사회 내에서 특정의 담론들의 존재, 유통, 기능의 특성"(148)이며, "우리가 '저자'라고 부르는 특정의 이성적 존재를 구성하는 복잡한 작용의 결과"(150)이다. 그러므로 저자란 상황과 맥락에 따라 가변적인 주체 – 위치들로 이루어지는 것이다. 저자는 초월적이고 자연적인 존재가 아니라 텍스트 혹은 담론에 의한 하나의 위치 혹은 그 결과로 보아야 한다는 것이며, 이것은 저자라는 것이 생산되는 사회적, 제도적 맥락을 통해 문학담론이 구성되는 과정을 파악하는 관점으로 이어진다.

앞서 살펴보았듯이 알튀세르는 이데올로기를 통해 구체적인 개인이 주체로 구성되는 과정을 보여주는데, 이데올로기를 개인을 주체로 구성하는 과정을 은폐하는 것에 의해서 개인에게 자율적인 주체라는 환상을 심어주는 사회적 실천으로 규정하고 있다. 바꾸어 말해서, 이데올로기는 사람들이 주체로 구성되는 과정을 인식하지 못하게 하고 그 결과 이데올로기에 의해 주어진 주체 – 위치로서의 자신의 입장을 명백한 것으로 받아들여 사회의 질서에 순응시키는 기능을 하는 것이다. 이데올로기가 사람들을 주체로 구성하는 것은 스스로가 이데올로기라는 것을 은폐함으로써 가능하다. 여기서 은폐되는 이데올로기적 작용 중의 하나는 언어적 과정이다. 개인이 편입되어 들어갈 수밖에 없는 언어 체계의 산물인 주체는 이데올로기에 의해 언어의 과정을 벗어나 마치 초월적인 것처럼 명백하게 제시되는 것이다.

개인은 언어 체계에 편입되어 언어 과정의 주체가 됨으로써만 의미를 만들어 낼 수 있다. 그리고 이 과정은 안정적이지 못하다. 인간 주체는 이데올로기에 의해 제시되는 것처럼 명백한 입장에 있지 못하다. 벨지가 비판하는 고전적 사실주의 텍스트들 또한 명백한 주체를 제시하는 이데올로기적 기능을 수행한다. 따라서 우리는 사회적 실천 속에 존재하면서 자신의 사회적 위치를 계속해서 확인(동일시)하는 개인을 주체로 구성하는 이데올로기를 문학 텍스트의 기능으로 생각해 볼 수 있는데, 문학 텍스트는 개인이 주체로 구성되는 과정을 은폐함으로써 독자에게 초월적 주체라는 환상을 심어주는 역할을 하고 있는 것이다.

벨지는 고전적 사실주의 소설들에 '텍스트'
라는 이름을 붙이고 있지만, 이들을 우리는 '작품'으로 이해할 수
있다. 이와 같은 소설은 저자가 이해한 그대로의 세계를 잘 질서 지
어진 구조를 통해 독자에게 전달하는 투명한 매개로 간주된다. 또한
이 구조 속에 독자의 위치를 상정함으로써 개인을 소설과 사회에
통합시키는 역할을 수행하게 된다. 영국의 초기 자본주의 사회에서
고전적 사실주의 텍스트가 담당했던 이와 같은 역할은 루이 알튀세
르적 의미에서의 이데올로기의 기능과 같은 것이다. 마찬가지로 고
전적 사실주의 텍스트는 언어, 담론, 세계에 의한 구성물이 아닌 기
원적이고 명백한 주체를 제시함으로써 독자를 사회 내에 주어진 자
유로운 경제적 주체의 위치로 호명한다("Constructing" 599).

명백한 주체의 위치를 받아들임으로써 사회의 질서에 통합되는
자율적이고 초월적인 주체는 자본주의 경제체제가 필요로 하는 주
체이다. 자본주의 경제체제를 지지하는 자유주의 휴머니즘은 의미,
지식, 행동의 기원으로서의 자유로운 개인들로 이루어지는 세계를

가정한다("Constructing" 599). 저자에 의해 일관성 있고 통합된 것으로 제시되는 고전적 사실주의 텍스트들은 독자를 자유로운 주체로 구성함으로써 산업자본주의 시기의 부르주아 담론인 자유주의 휴머니즘을 지지하게 된다. 이들은 시장에서 노동과 임금을 자유롭게 교환하고 소비도 자유롭게 선택하는 자율적인 존재로 간주되는 주체들이다. 벨지는 고전적 사실주의 텍스트들을 알튀세의 이데올로기적 관점에서 해석하면서 다음과 같이 설명한다.

> [……] 고전적 사실주의 텍스트의 형식은 독자를 주체로 호명함으로써 표현주의 이론과 이데올로기와 함께 작용한다. 독자는 해석의 진리의 원천이 되고 증거가 되는 자율성을 가진 저자가 인지한 그대로의 텍스트의 '진리', 세계에 대한 일관되고 비모순적인 해석을 인지하고 판단하도록 유도된다. 이 상호주관적 의사소통 모델, 세계를 다시 제시하는 텍스트에 대한 공유된 이해 모델은 텍스트의 진리로서뿐 아니라 앎의 주체들의 세계에서 자율적이고 아는 주체로서의 독자의 존재의 보증이다. 고전적 사실주의는 이런 식으로, 스스로를 주체로서의 독자들에게 제시하고 자신들의 주체성과 종속을 자유롭게 받아들이도록 하기 위해 독자들을 호명함으로써 이데올로기적 기능을 구성하게 되는 것이다.(*Critical* 63 - 64)

텍스트 내의 여러 의문들과 모순들을 질서정연하게 종결시킴으로써 독자의 주체성에 일관성을 보장해 주고, 여러 입장들을 통합된 형태로 독자에게 경험하게 함으로써 독자 자신을 통일된 주체로 인식하게 하고 자신을 초월적 주체로 느끼게 해 줌으로써 고전적 사실주의 텍스트는 독자를 투명한 텍스트 속의 주체로 호명하는 것이다. 투명한 텍스트는 저자의 세계에 대한 경험과 의미를 독자가 그대로 인식할 수 있다는, 텍스트에 대한 '상호 주관적 의사소통' 모델에 의해 그 의미가 보증됨은 물론, 독자를 자율적인 주체로 세계로 불러냄으로써, 즉 주체를 구성하고 편입시키는 언어의 작용을 은폐함으로써, 이데올로기의 역할을 수행하게 되는 것이다.

문학의 이와 같은 이데올로기적 기능에 저항할 수 있는 가능성을 벨지는 '의문적 텍스트'(interrogative text)에서 찾는다. 벨지에 의하면 의문적 텍스트는 고정된 의미나 진리를 가지지 못하며 해석의 가능성이 언제나 열려 있는 텍스트이다. 따라서 그것은 먼저 독자로 하여금 구성물로서의 문학의 텍스트성에 주의를 기울이게 하고, 초월적 주체의 위치를 제시하면서 독자를 문학의 수동적 소비자로 만들면서 텍스트가 재현하는 세계의 질서에 편입시키는 이데올로기적 실천에 저항할 수 있게 해 주는 텍스트이다. "자아의 불연속성과 주체의 명백한 분열"(*Critical* 82)을 보여주는 의문적 텍스트는 고전적 사실주의 텍스트의 이데올로기적 역할에 저항하면서 독자에게 주체성이 구성되는 언어적, 담론적, 이데올로기적 궤적을 따라갈 수 있게 해 주는 것이다. 또한 "단일한 관점을 거부하고 아무리 복잡하고 포괄적이라 할지라도 관점들을 해결되지 않은 충돌이나 모순 속에 위치시킨다"(*Critical* 85). 따라서 여기에는 텍스트 내의 모순들과 혼란을 통합하는 권위적 담론이 없고, 독자에게 저자의 의미를 투명하게 전달해 주지 않는다. 그러므로 독자는 텍스트에 전적으로 편입되는 것이 아니라 어느 정도의 거리를 유지하게 된다. 의문적 텍스트를 읽는 것은 그 속에서 의미의 다양성, 불완전성, 생략, 모순들을 찾아내는 일이다. 그렇게 함으로써 독자에 의한 의미 생산이 가능해지고 또한 이데올로기적 은폐를 읽어낼 수 있는 것이다.

'의문적 텍스트'라는 말은 방브니스트가 제시한 언어 진술의 세

가지 유형인 선언적(declarative), 의문적(interrogative), 명령적(impera-tive) 진술의 구분에서 그 용어를 빌려 온 것이다. '선언적' 진술은 지식을 전달하기 위한 것이고 '의문적' 진술은 누군가에게 어떤 정보를 얻기 위한 것이고 '명령적' 진술은 명령을 하기 위한 것이다. 벨지는 이 세 가지 진술을 가지고 세 종류의 텍스트를 구별하는데, '선언적' 진술은 고전적 사실주의 텍스트에, '명령적' 진술은 정치선전과 같은 명령적 텍스트에, '의문적' 진술은 의문적 텍스트에 해당하는 것으로 분류한다. 고전적 사실주의인 선언적 텍스트는 지식을 전달함으로써 독자에게 안정된 입장을 제공한다는 점에서, 정치선전과 같은 명령적 텍스트는 텍스트 외부의 대상에 대한 투쟁의 입장을 독자에게 제공한다는 점에서 모두 독자를 통일된 주체로 구성한다. 그러나 의문적 텍스트는 모순되고 분열된 저자가 독자의 통일성을 방해하는 텍스트이다. 그것에는 고전적 사실주의 텍스트의 결말을 향한 서사나 담론들의 위계질서는 없다. 그것은 말 그대로 텍스트가 제기하는 의문들에 대해서 독자가 스스로 답해야 하는 텍스트이다. 의문적 텍스트에 대해 벨지는 다음과 같이 설명한다.

> 반면에 *의문적* 텍스트는 언표행위의 통합된 주체와의 동일시를 저지함으로써 독자의 통일성을 방해한다. 텍스트에 새겨진 '저자'의 위치는, 그것이 정해질 수 있는 것이라고 하더라도, 의심스럽거나 사실상 모순적인 것으로 보인다. 그러므로 방브니스트적인 견지에서 정확하게 독자로부터 '어떤 정보를 얻으려고'하는 것은 아니라 하더라도, 의문적 텍스트는 독자에게 그 텍스트가 암묵적으로나 명시적으로 제기한 물음들에 대답을 하도록 사실상 유도하는 것이다.(*Critical* 84)

그러므로 의문적 텍스트는 텍스트 내의 모순들과 혼란을 통합하는 권위적 담론이 없고, 독자에게 저자의 의미를 투명하게 전달해 주지 않는다. 대신에 그것은 그 자체의 텍스트성에 주의를 기울이게 하고 서로 모순되고 충돌하는 관점들을 권위적인 담론에 의해 통합시키지 않은 채 그대로 드러내는 텍스트이다.

고전적 사실주의 텍스트들도 실재에 대한 재현이기는 마찬가지다. 그러나 고전적 사실주의 텍스트들은 그 텍스트들에 의한 재현만이 유일한 재현방식인 것처럼 믿게끔 독자들에게 제시된다. 이를 통해 그 외의 가능한 재현방식들을 억압하고 은폐하게 되며, 이것은 결국 실재 세계에 대한 우리의 담론들이 구성되는 방식에 대해 우리가 생각해 볼 수 있는 가능성들을 차단하는 결과를 가져오게 된다. 이것은 우리에게 주어진 이질적이고 모순적이고 차이 나는 수많은 세계들 중에서 특정의 이해관계를 지지하는 특정의 세계를 유일한 것으로 인정하고 나머지는 배척하는, "'역사들'을 부정하는 '역사'"(Lentricchia xiv)를 내세우는 것이다.

의문적 텍스트를 읽는 독자는 텍스트에 전적으로 편입되는 것이 아니라 어느 정도의 거리를 유지하게 된다. 이것은 그 속에서 의미의 다양성, 불완전성, 생략, 모순들을 찾아내는 것을 가능하게 한다. 그렇게 함으로써 독자에 의한 의미 생산이 가능해지고 또한 이데올로기적 은폐를 읽어 낼 수 있는 것이다. 이러한 의미에서 우리는 엘리엇의 시 「창가의 아침」을 의문적 텍스트로 읽어볼 수 있다. 이 시는 언어가 투명성을 상실함으로써 언어의 과정이 드러나게 되고, 그로 인해 언표의 주체가 독자에게 제시되지 못하는 텍스트이다.

「창가의 아침」: 언어의 질서와 언표행위의 주체

이스트호프는 엘리엇(T. S. Eliot)의 시에 대해 논하면서, 모더니즘 시의 주요 주제 중의 하나가 주체의 위치를 규정하는 문제, 즉 사실주의에 의해 제시되는 통합된 주체를 거부하는 문제라는 점을 다음과 같이 설명한다.

> 모더니즘에서 또다시 문제가 되는 것은 주체 위치의 정의이다. '전통'과 '표의문자' 같은 선언적 취급을 비롯한 모든 선언적 전술들은 오직 하나의 목표를 가지고 있다고 생각할 수 있는데, 그것은 기의를 누르고 기표를 전경화시키고 독자는 시의 언표를 생산하는 언표행위의 주체의 위치를 부여받는다는 것을 인정하는 일이다. 모더니즘 시는 초월적 에고의 위치를 부정한다고 할 수 있다. 스스로를 산물이라고 주장함으로써 그것은 주체를 만들어지고, 구성되고, 절대적이기보다는 상대적인 것이라고 주장한다.(Easthope, *Poetry* 134-35)

모더니즘 시는 언표와 언표행위 사이에서 분리된 주체를 인식할 수 있게 하는 의문적 텍스트와 같은 것이다. 전통적인 약강5음보로 쓰인 시가 그 결합체적인 특성으로 인해 언표의 주체, 즉 통합된 주체의 위치를 제공하는 것과는 달리, 모더니즘 시에 있어서는 기표가 자체의 물질성을 갖는 것으로 제시되고 그로 인해 전경화됨으로써 언표의 주체보다는 언표행위의 주체가 강조된다는 것이다.

이스트호프는 또 엘리엇의 '객관적 상관물'(objective correlative)에 대해 논하면서, '정서'를 전달해 주는 '상관물'이란 시에서는 기표와 같은 것이라고 설명한다. 시인의 정서가 직접적으로 표출될 수 있다고 보았던 낭만주의 시론과 달리 엘리엇에게 있어서는, 기의란 기표의 고리를 따라 움직이는 것과 같이 정서는 기표와 같은 상관물의 질서를 통해서만 재현될 수 있는 것이다.

워즈워드의 개념에서 정서는 예술에 직접적으로 표현될 수 있다.('시란 ……이다.') 엘리엇의 설명에 의하면 정서는 직접적으로 표현되지 않는다. 예술은 기껏해야 정서에 대한 '상관물'이며, 정서는 '공식', '일련의 대상물들'에 의해서만 재현될 수 있기 때문이다. 시에서 이 대상물들은 기표들이며, 따라서 정서나 경험의 투명한 표현을 불가능하게 만드는 자신의 무게와 물질성을 갖는 것으로 여겨지는 것이다.(*Poetry* 136 – 37)

기표의 물질성이 전경화되면 전통적인 사실주의 담론에서 주장하는 언어의 지시적 효과는 사라지며, 이 효과의 결과인 통합된 주체도 불가능해진다. 전통적인 시가 의지하는 결합체적 연쇄가 더 이상 가능하지 않음을 보여주는 예의 하나가 엘리엇의 시 「창가의 아침」이다.

그네들은 지하실 부엌에서 아침 접시들을 덜그럭거리며,
사람들이 지나는 길가를 따라
나는 하녀들의 축축한 영혼이
지하실 문을 통해 솟아 나오는 것을 느낀다.

갈색 안개의 물결이 나에게
일그러진 얼굴들을 길바닥에서 던져 올리며,
지저분한 스커트를 입은 행인에게서
목적 없는 미소를 떼 내면 허공을 방황하다
지붕들을 따라 사라져간다.

They are rattling breakfast plates in basement kitchens,
And along the trampled edges of the street
I am aware of the damp souls of housemaids
Sprouting despondently at area gates.

The brown waves of fog toss up to me
Twisted faces from the bottom of the street,
And tear from a passer — by with muddy skirts
An aimless smile that hovers in the air
And vanishes along the level of the roofs.(Eliot 29)

　이스트호프는 이 시의 낱말들이 한편으로는 외부의 대상들을 지시하지만 다른 한편으로 그 말들이 주관적인 환상을 만들어 냄으로써 언어의 지시적 효과를 방해한다고 설명한다. 그러므로 이 작품은 언어의 지시적 효과가 더 이상 가능하지 않음을 보여주는 예가 된다. 즉 "「창가의 아침」은 언어가 더 이상 재현된 화자가 외적 실재를 알 수 있는 투명한 매개로 취급될 수 없다는 것에 대한 증거이다."(Easthope, *Poetry* 137) 이것은 의미란 언어의 물질성에 의해 방해받으며, 오히려 기표에 의한 구성물이라고 보는 관점, 다시 말해서 투명한 언어를 통해 세계를 포착하고 의미에 접근하는 통합된 주체란 환상에 불과하며, 언어 속에서 자아는 분열된다. 「창가의 아침」은 언어의 지시적 기능이 언어 자체의 질서에 의해 끝없이 방해받는다는 것을 보여준다. 따라서 저자의 의미에 의한 텍스트의 통제가 불가능해진다는 의미에서 이 시를 의문적 텍스트로 읽을 수 있다.

« 인용문헌

김성곤. 『탈구조주의의 이해』 서울: 민음사, 1988.

김욱동. 『포스트모더니즘과 포스트구조주의』 서울: 현암사, 1991.

정형철. 『T. S. Eliot 詩에 있어서의 詩的 自我 – C. G. Jung의 원형이 론과 후기구조주의의 관점』 고려대학교 대학원, 1991.

_____, 『현대 미국문학비평의 흐름과 포스트모던 이론』 부산: 부산외 국어대학교 출판부, 1997.

Anderson, Danny J. "Deconstruction: Critical Strategy/Strategic Criticism." *Contemporary Literary Theory*. Ed. Douglas Atkins and Laura Morrow. Amhrest: U of Massachusetts P, 1989. 137 – 57.

Althusser, Louis. "Ideology and Ideological State Apparatuses." *Lenin and Philosophy, and Other Essays*. Trans. Ben Brewster. New York: Monthly Review, 1972. 83 – 126.

Bakhtin, Mikhail Mikhaǐlovich. "Discourse in the Novel" *The Dialogic Imagination*. ed. Michale Holquist. trans. Caryl Emerson and Michael Holquist. Austin: University of Texas Press, 1981: 259 – 422.

Barthes, Roland. "The Death of the Author." *Image/Music/Text*. Trans. Stephen Heath. London: Fontana, 1977. 142 – 48.

_____, "From Work to Text." *Image/Music/Text*. Trans. Stephen Heath. London: Fontana, 1977. 155 – 64.

Belsey, Catherine. *Critical Practice*. 2nd ed. London: Routledge, 2002.

_____, "Constructing the Subject: Deconstructing the Text." *Feminisms: An Anthology of Literary Theory and Criticism*. Ed. Robyn R. Warhol and Diane Price Herndl. New Brunswick: Rutgers UP, 1991. 593 – 609.

Benveniste, Emile. *Problems in General Linguistics*. Miami: U of Miami P, 1971.

Culler, Jonathan. *On Deconstruction: Theory and Criticism after Structuralism*. Ithaca: Cornell UP, 1982.

de Man, Paul. "Semiology and Rhetoric." *Textual Strategies: Perspectives in Post−structuralist Criticism*. Ed. Josué V. Harari. Ithaca: Cornell UP, 1979. 121−40.

_____, *Blindness and Insight: Essays in the Rhetoric of Contemporary Criticism*. 2nd ed. London: Methuen, 1983.

Derrida, Jacques. "Structure, Sign and Play in the Discourse of the Human Sciences." *The Structuralist Controversy :The Languages of Criticism and the Sciences of Man*. Ed. Richard Macksey and Eugenio Donato. Baltimore: Johns Hopkins UP, 1970. 247−72.

_____, *Positions*. Trans. Alan Bass. Chicago: U of Chicago P, 1972.

Duncan−Jones, Katherine. *Shakespeare's Sonnets*. London: Thomson and Sons, 1997.

Eagleton, Terry. *Literary Theory: An Introduction*. 2nd ed. Oxford: Basil Blackwell, 1996.

Easthope, Antony. *Poetry as Discourse*. New York: Methuen, 1983.

_____, *British Post−structuralism: Since 1968*. London: Routledge, 1988.

Eliot, T. S. *Collected Poems: 1909−1962*. London: Faber, 1974.

Foucault, Michel. "What is an Author?" *Textual Strategies: Perspectives in Post−structuralist Criticism*. Ed. Josué V. Harari. London: Methuen, 1980. 141−60.

Gurewich, Judith Feher. "Who's afraid of Jacques Lacan?" *Lacan and the New Wave in American Psychoanalysis: The Subject and the Self*. Ed. Susan Fairfield and Judith Feher Gurewich. New York: Other Press, 1999. 1−30.

Harari, Josué. "Critical Factions/Critical Fictions." *Textual Strategies: Perspectives in Post−structuralist Criticism*. Ed. Josué Harari. London: Methuen, 1980. 17−72.

Hartman, Geoffrey. "Preface." *Deconstruction and Criticism*. Harold Bloom, Paul de Man, et al. London: Routledge & Kegan Paul, 1979. vii−ix.

Jakobson, Roman. "Shifters and Verbal Categories" *On Language*. ed. Linda R. Waugh and Monique Monville − Burston. Cambridge: Harvard University Press, 1990: 386 − 92.

Jefferson, Ann. "Structuralism and Post − structuralism." *Modern Literary Theory: A Comparative Introduction*. Ed. Ann Jefferson and David Robey. Totowa: Barnes & Nobles, 1982. 84 − 112.

Kristiva, Julia. *Revolution in Poetic Language*. New York: Columbia UP, 1984.

Lacan, Jacques. "The Mirror Stage as Formative of the Function of the I as Revealed in Psychoanalytic Experience." *Écrits: A Selection*. Trans. Alan Sheridan. New York: Norton, 1977. 1 − 7.

Leithch, Vincent B. *Cultural Criticism, Literary Theory, Poststructuralism*. New York: Columbia UP, 1992.

Lemaire, Anika. *Jacques Lacan*. Trans. David Macey. London: Routledge, 1977.

Lentricchia, Frank. *After the New Criticism*. Chicago: U of Chicago P, 1980.

Rorty, Richard. "Deconstruction." *The Cambridge History of Literary Criticism*. Vol. 8. Cambridge: Cambridge UP, 1995. 166 − 96.

Saussure, Ferdinand de. *Course in General Linguistics*. Ed. Charles Bally and Albert Sechehaye. Trans. Wade Baskin. New York: Philosophical Library, 1959.

Selden, Raman and Peter Widdowson. *A Reader's Guide to Contemporary Literary Theory*. 3rd ed. Lexington: UP of Kentucky, 1993.

Vološinov, V. N. *Marxism and the Philosophy of language*. trans. Ladislav Matejka and I. R. Titunik. New York: Seminar Press, 1973.

Yeats, W. B. *The Collected Poems of W. B. Yeats*. London: Macmillan, 1961.

II

07 · 「누런 벽지」

지금까지의 **논의**를 **바탕**으로 이 장에서 읽어볼 텍스트는 19세기 후반의 미국 여성 작가인 샬롯 퍼킨스 길먼 (Charlotte Perkins Gilman)의 「누런 벽지」("The Yellow Wallpaper") 이다. 먼저 우리는 이 텍스트를 해체적인 방식으로 읽어볼 수 있다. 이 작품에서 화자가 감금되어 있는 방의 벽지는 의사인 남편이 환자인 아내를 가두고 억압하는 수단이 된다는 점에서 남/여 이분법의 근거가 된다. 하지만 벽지는 동시에 남성 지배담론이 스스로의 우월성을 주장하면서 억압하는 여성적 특성인 비논리적이고 환상을 불러일으키는 무늬를 가지고 있다. 따라서 남편이 주장하는 이 이분법은 이미 해체되어 있는 것이며, 드 만이 주장하는 문법의 수사화나 수사의 문법화와 같이 남편의 논리와 이성은 비논리와 환상에 의존하고 있는 것이다.

또한 우리는 이 텍스트를 탈중심화된 주체, 반근대적, 반휴머니즘적, 반사실주의적 관점에서 읽어볼 수 있다. 이렇게 함으로써 문학을 통해 유럽 백인 남성 중심의 지배담론에 저항하면서 억압된 본래적 자아를 찾을 수 있는 가능성을 발견할 수 있을 것이다. 1892년에 발표된 이 이야기는 그 당시 미국 사회의 여성 억압적인 '성(性)정치학'(sexual politics)(Hedges, "Afterword" 39)에 맞서고자 하는 작가 길먼의 노력을 보여준다. 남성 지배담론이 제시하는 통합된 주체를 거부하고 여성적 자아를 찾고자 하는 노력은 화자의 '자서전적 글쓰기'(autobiographical writing)를 통해 나타난다. 자서전적 글쓰기는 사회의 지배질서에 의해 주어지는 주체가 아니라 자신의 자아를 주제로 삼는 글쓰기이다. 하지만 더 넓게 보아서 이 이야기 속에서 남성의 지배담론은 유럽 백인 남성 중심 담론에 의해 유지되는 근대 휴머니즘적 세계관과 관련되어 있다. 따라서 이 텍스트의 화자는 가부장적 지배질서에 맞서는 주체이기도 하면서 동시에 서양의 근대 담론 전체에 저항하는 주체이기도 하다.

이러한 관점은 또한 이 텍스트를 의문적 텍스트로 읽는 것을 가능하게 한다. 의문적 텍스트는 부르주아 자본주의 체제의 질서를 유지하기 위해 사람들을 수동적인 주체의 위치로 편입시키는 고전적 사실주의 텍스트와 달리 본래적 자아에 대한 탐색을 가능하게 하는 텍스트이다. 의사인 남편은 화자에게 환자로서의 위치를 강요하지만 화자는 남편에 맞서 스스로의 자아를 찾으려는 저항을 계속한다는 점에서 우리는 이 작품을 의문적 텍스트로 읽어 볼 수 있는 것이다.

「누런 벽지」는 19세기 말 미국의 남성 지배 담론에 의해 여성이 명백하고 종속적인 주체로 구성되는 것에 저항하면서 자신의 정체성과 주체성을 찾으려 하는, 스스로의 자아를 주제로 삼는 자서전적 글쓰기이다. 이것은 글을 쓰는 과정을 드러냄으로써 언표행위들을 드러내게 되고, 언표의 주체를 제시하는 남성 중심의 지배담론에서 벗어날 수 있는 가능성을 가지게 된다. 이러한 여성적 자서전은 남성/의학 담론이 여성을 수동적 주체로 호출하는 이데올로기에 저항하는 글쓰기이다. 자서전적 글쓰기에서 찾고자 하는 자아는 '사회적 제도적 구성물'로서의 자아가 아니라 "말하는 주체"(the speaking subject)(Warhol 1033)로서의 억압된 자아이다. 「누런 벽지」는 남성 담론의 이데올로기적 작용에 대한 저항이며, 남성/의학 담론이 여성을 종속적 주체로 구성하는 이데올로기임을 밝히려는 시도라고 할 수 있을 것이다. 하지만 더 크게는, 이 텍스트는 백인 남성이 주도했던 근대적 가치관에 기초한 세계에 의해 정해진 자신의 주체적 위치에 대한 거부와 근대 담론의 이데올로기적 과정에 대한 저항으로 읽을 수 있다. 화자를 규정하고 처방하는 남성/의학 담론은 서양의 근대담론들과 연관되어 있기 때문이다. 작가는 글쓰기 행위 자체를 통해서 자신을 주체의 위치로 호출하는 지배적 사회질서의 이데올로기적 실천에 대한 저항을 계속하고, 그 질서 속에서 타자에 의해 정해진 자신의 자아가 구성되는 과정에 주목한다.

1) 이중적 텍스트

「누런 벽지」에 대한 논의는 주로 이중적 대립을 강조하는 방식으로 진행되었다. 발표된 후 오랫동안 잊혀 있던 이 이야기를 다시 출판하면서 일레인 헤저스(Elaine Hedges)는 「후기」("Afterword")에서 「누런 벽지」의 이야기 내용과 작가의 글쓰기 행위를 구분한다. 헤저스에 의하면 마지막 부분에 화자가 미치는 것 때문에 이 이야기는 남성적 지배 질서 내에서의 여성적 저항에 실패하지만, 이 이야기를 쓰는 화자의 글쓰기 행위를 통해 작가는 저항을 계속할 수 있게 된다("Afterword" 55). 재니스 해니-페리츠(Janice Haney-Peritz)는 이 작품을 라캉의 상징계와 상상계의 대립으로 해석한다. 해니-페리츠에 의하면 의사인 남편이 속해 있는 남성적 언어의 영역인 상징계에서 환자로서의 위치를 부여받은 여성 화자의 저항은 미치는 것으로 귀결된다. 그러나 화자의 이 광기는 동시에 상징계에서 상상계로의 퇴행을 의미하게 된다(118). 이 외에 산드라 길버트(Sandra Gilbert)와 수잔 구바(Susan Gubar)도 헤저스와 마찬가지로 이 작품의 이야기와 글쓰기를 구분한다. 이들은 하지만 화자의 광기가 남성 지배 질서를 넘어설 수 있는 적극적인 수단이 된다고 해석한다. 또한 이 광기에 의해 화자뿐 아니라 작가 자신도 남성 중심 담론에 대한 저항에 성공하게 된다는 것이다(89).

그러나 이러한 해석들은 이 이야기에서 상당한 부분을 차지하고 있는 벽지의 무늬가 가진 의미에 대해서는 충분히 주목하지 않고 있다. 이 이야기에서 화자를 광기로 몰아가는 데 있어서 남편의 억압적인 규정과 더불어 벽지의 기괴한 무늬도 중요한 역할을 하고 있다는 것은 분명한 사실이다. 따라서 우리는 벽지의 무늬 자체가 가지는 이중적 성격에 주목해 볼 수 있다. 벽지의 무늬는 화자가 감금되어 있는 방의 벽면을 둘러싸고 있다는 점에서 남성/의학 담론이 여성/환자로서의 타자를 가두는 수단이 된다. 이 이야기에서 남성 중심 담론이 여성에 대해 우월성을 주장하고 이분법적 위계 질서를 유지하는 근거는 '이성'과 '논리'이다. 그러나 그 이성과 논리를 내세우는 수단으로서의 벽지는 남성 담론이 억압하는 비논리적이고 환상을 불러일으키는 무늬를 가지고 있다. 이런 이유에서 우리는 벽지의 무늬를 해체적인 방식으로 읽어 볼 수 있다.

해체는 서양의 전통에서 지배적인 질서를 지탱하는 이분법들이 마주치게 되는 모순의 지점들을 찾아내어 보여주는 전략이다. 「누런 벽지」에서 의사인 남편이 유지하고자 하는 남/여, 의사/환자, 지배/피지배 이분법의 모순이 드러나는 지점은 벽지이다. 벽지의 무늬는 논리와 이성에 근거한 남성/의학 담론이 이분법적 위계질서를 주장하는 근거이면서도, 동시에 억압되어 있는 비논리와 환상의 영역에 속해 있다.

벽지의 무늬는 논리의 비논리화, 이성의 환상화가 일어나는 공간이다. 따라서 그것은 지배 질서를 유지하는 이분법을 중단시킨다. 벽지의 무늬에서 이분법적 구분이 가진 내적 모순을 읽어내는 것은 이 텍스트의 화자에게 강요된 근대적 주체의 확실성에 대한 의문을 제기하는 것의 시작이다. 또한 그로 인해 억압적 지배질서에 대한 화자의 저항의 과정을 추적해 가는 것이기도 하다. 이것은 지식, 의미, 행동의 기원으로서의 주체에 기반을 둔 서양의 근대 질서를 비판하는 데서 출발한다. 서양의 지배적인 근대 담론의 논리가 중단되는 것은 그 논리를 구성하고 있고 또 그 논리에 의해 가능한 통합된 주체의 해체를 의미하는 것이다. 주체의 탈중심화는 억압된 자아의 목소리들을 회복시키는 것으로 이어진다.

「누런 벽지」에서 신경쇠약을 겪고 있는 이름 없는 여성 화자는 남편/의사인 존(John)의 처방에 따라 '휴식치료'(rest cure)를 받고 있다. 이 휴식치료는 길먼이 직접 겪었던 산후 신경쇠약증에 대해 이 당시의 유명한 여성 신경 전문의였던 미첼(S. Weir Mitchell)이 내렸던 처방이다. 길먼은 「나는 왜 누런 벽지를 썼는가?」("Why I Wrote 'The Yellow Wallpaper?'")에서 미첼이 자신에게 내렸던 처방과 그 처방이 다른 것임을 기록하고 있다. 길먼에 따르면 미첼은 "가능한 한 집안에서 생활할 것", "하루에 두 시간 이상은 지적 활동을 하지 말 것", 그리고 "다시는 펜과 붓과 연필을 절대 손에 잡지 말 것"을 지시했다.5 길먼은 세 달 정도를 이렇게 생활한 후 정신이 거의 황폐하게 되었으며, 이 처방이 잘못되었다는 것을 보여주기 위해 이 이야기를 썼다고 술회하고 있다(52).

　길먼 자신의 경험을 화자를 통해 표현하는 이야기인 이 소설에서 미첼의 처방을 되풀이하는 남편의 지시와 처방은 여성을 환자로 만들고 침묵시키는 남성 의학 담론을 대표하는 것이다. 여성을 환자로 규정하는 남성/의학 담론은 '남성 중심적'(androcentric)인 언어의 영역에 속하는 것이다. 남성적 언어는 주변적인 여성적 언어를 침묵시키는 것에 의해 의미를 가진다. 이것은 말이 글을 침묵시킴으로써 의미의 현존을 보증한다고 보고 말을 글보다 우위에 두는 말/글의 이분법을 기초로 하는 서양의 로고스중심주의적 사고방식과 같은 선상에 있다. 로고스중심주의는 구조 외부에 존재한다고 가정되는 참조점을 향해 모든 것을 질서 짓는 사고방식이다. 중심에

5　이 당시 미국에서는 불안과 우울증의 원인을 근본적으로 육체적인 것이라고 보았다. 길먼을 진단했던 미첼의 휴식치료는 따라서 신체를 치료함으로써 신경증을 치료하는 방법이었다. 미첼은 신경증에 성별로 각각 다른 처방을 제시했다. 그는 남자 환자에게는 서부의 목장에서 일하는 것과 같은 격렬한 활동을 권장했고, 반대로 여자의 경우에는 침대에만 누워 있을 것을 요구했다. 여자 환자는 읽고 쓰는 것, 음식을 만들어 먹는 것, 일어나 앉는 것, 바느질 등의 활동이 금지되었고, 심지어 어떤 경우에는 배설도 침대에서 해결해야 했다. 이 치료법은 신경증에 시달리는 여성을 가정사에서 해방시켜 주고 건강을 회복할 기회를 준다는 의미에서 긍정적인 면을 가지고 있었지만, 실제로 이 치료법을 경험한 여성들은 이 치료방식을 비난하고 있다(Golden, *Charlotte Perkins Gilman's The Yellow Wallpaper* 61-64).

의해 정해진 체계 안에서 의미의 현존을 보증하지 못하는 주변은 억압된다. 진리에 가까이 있는 것으로 상정되는 남성적 언어의 영역에서 여성적 언어는 주변화되는 것이다.

「누런 벽지」에서 여성/환자의 담론을 억압하는 남성/의학 담론은 여성 화자가 읽고 쓰면서 의미화시키는 벽지의 무늬에 새겨져 있다. 화자가 벽지의 무늬를 읽으면서 계속 혼란스러워하는 것은 남성적 언어가 진리와 의미를 담지하지 못한 채 불안한 담론화 과정 속에 있음을 나타내는 것으로 해석할 수 있다. 따라서 우리는 이 작품에서 남편/의사와 아내/환자로 위계화되어 있는 관계가 벽지의 무늬에 의해 해체되는 과정을 읽어볼 수 있다. 벽지의 무늬는 남성적 언어와 여성적 언어의 위계질서를 지지하는 남성/의학 담론의 모순이 드러나는 지점이다. 아내를 방에 감금함으로써 강요되는 남편의 "의지"와 "분별력"(Gilman, *The Yellow Wallpaper* 16)은 비이성적인 무늬에 의존하는 것이다. 이 텍스트에서 지배적인 남성/의학 담론이 주장하는 의미는 안정적이지 못하다. 현존의 형이상학을 지지하는 이분법적 사고가 해체되며, 언어에서 중심적인 의미가 유지되지 못하듯이 남성 중심적 담론은 오히려 그것이 억압하는 타자에 의해 유지되고 있는 것이다.

화자는 자서전적 화자가 겪는 신경쇠약으로 인해 남성 중심적인 의사들의 처방에 복종해야 하며, 거기에서 벗어날 수단으로 비밀스러운 글쓰기를 시작하게 되고 자신이 거주하는 방의 벽지의 기괴한 무늬에 집착하게 된다. 이 텍스트에 대한 해석은 주로 화자가 남성 중심 담론에 대항하는 과정에 초점이 맞추어져 있다. 특히, 이 이야기에 대해 남성 지배 담론에 대한 여성 화자의 저항이라는 관점에서 이루어지는 해석들은 주로 글쓰기의 과정이 가지는 저항적 측면을 강조한다. 다시 말해서, 이 소설은 여성 화자가 그 당시의 미국에서 자신의 정체성과 주체성을 찾고자 하는 바람을 자신의 자아를 주제로 삼는 고통스러운 글쓰기 과정을 통해 표출하는 작품이라는 것이다.

「누런 벽지」에서 남성적 담론과 여성적 담론의 위계질서를 유지하는 남성/의학 담론의 모순이 드러나는 곳은 화자의 글쓰기 과정을 통해 의미화되는 벽지의 기괴한 무늬이다. 벽지의 무늬는 화자가 남편에 의해 감금되어 있는 이 층 방을 둘러싸고 있다는 점에서 남성적 언어의 영역이라고 볼 수 있지만, 그것이 창살이 되는 순간 (Gilman, *The Yellow Wallpaper* 26) 그 뒤에 갇혀 있는 여자의 모습을 드러내며, 또한 남성이 규정하는 여성적 언어의 특성인 비논리와 무질서를 가진 영역이다. 일기 형식으로 되어 있는 화자의 글쓰기는 이 탈출을 위한 고통스러운 과정이지만, 남성적 언어에서 벗어나는 것은 거의 불가능에 가깝다. 사실 많은 비평가들은 이 텍스트의 이야기 내용은 화자의 저항이 실패했음을 보여주고 있다고 평가한다. 그러나 우리는 벽지에 대한 화자의 글쓰기를 환상을 억압하고 논리와 이성을 내세우는 남성 담론의 이분법적 사고의 모순을 드러내려는 시도로 읽을 수 있다. 이 점을 구체화하기 전에 이 텍스트의 내용에 대한 몇 가지 해석을 검토해 볼 필요가 있다.

먼저, 마사 커터(Martha J. Cutter)는 『통제 불가능한 언어』(*Unruly Tongue*)에서 길먼의 작품 전체를 논하면서 「누런 벽지」는 남성 중심의 언어 구조로부터 탈출하려고 노력하지만 실패하고 마는 텍스트라고 설명한다.

> 길먼은 언어가 '남성 중심적'이며 여성을 단지 남성에 대한 사회적 언어적 관계를 통해서만 정의한다고 믿는다. 그러므로 '그의 나라에서의 그녀의 이야기' – 가부장 담론과 문화 구조 내에서의 여성들의 이야기 – 는 약화되는 성과 언어 구조로부터 탈출하려는 필사적이지만 실패한 시도들에 대한 기록, 즉 길먼 자신의 단편 소설 「누런 벽지」와 똑같은 애매한 텍스트가 되고 만다.(112)

'애매한' 텍스트라는 것이 커터의 설명대로 남성 중심적인 세계에서 여성이 저항을 시도하지만 자신의 목소리를 찾지 못했음을 보여주는 것이라면, 많은 비평가들이 이 작품을 애매한 텍스트로 읽고 있다.

헤저스는 이 텍스트가 19세기 여성이 남성 – 여성, 남편 – 아내 관계를 구성하는 성정치학에 직접 마주쳤던 문학작품이라고 평가하면서("Afterword" 39) 이 이야기를 작가 길먼의 삶이라는 관점에서 읽고 있다. 출산 후 신경쇠약을 겪고 있는 이야기 속의 화자는 자신에게 일방적으로 강요되는 남성 중심적 의학 담론에 의한 처방에 저항하고자 하며 온 힘을 다해 자신이 정상임을 주장하고자 하지만 이 저항은 실패로 돌아가고 화자는 결국 미치고 만다. 그러나 헤저스는 이 이야기는 남성 담론에 저항하는 데 실패했지만, 글쓰기를 수행하는 작가 길먼은 실패하지 않았다고 결론 내린다. 길먼은 자신의 이야기 속의 여주인공처럼, 여성에 대한 사회적 태도 때문에 고통을 겪었지만 "이 이야기를 씀으로써, 비록 내적으로 치러야 하는 대가가 얼마나 큰지는 알 수 없지만, 그녀는 여주인공의 운명을 넘어섰다."(55)는 것이다.

이야기는 화자의 광기로 인해 남성 중심적 질서에 저항하는 데 실패했다 하더라도 작가의 글쓰기 행위 자체는 저항의 의미를 계속해서 가질 수 있다는 헤저스와는 달리, 해니-페리츠는 이 이야기에서 화자의 광기는 상상계로의 퇴행을 나타낸다고 주장한다. 화자의 건강 상태를 규정하는 남편에 의하면 화자의 상태는 건강하기도 하면서 아프기도 한, "들어본 적도 없는 모순"(Gilman, *The Yellow Wallpaper* 13)을 가진 것이다. 하지만 이 남성/의학 담론은 화자에게 강요된다. 여기서 여성이 처하게 되는 하나의 모순은 화자 역시 이 남성적 언어의 구조에 의해서 글쓰기를 진행해야 한다는 사실이다. 벽지의 기괴한 무늬는 화자의 글쓰기와 닮아 있는데, "이 닮음은 부분적으로는 화자의 글쓰기가 남편의 규정적 담론을 되풀이할 뿐 아니라 그 담론의 구조인 바로 그 이분법적 대립-병과 건강, 실제와 환상, 질서와 무질서, 자아와 타자, 남성과 여성-에 의지하는 데서 오는 것이다"(Haney-Peritz 116). 화자도 어쩔 수 없이 '병과 건강, 실제와 환상, 질서와 무질서, 자아와 타자, 남성과 여성' 등 텍스트에 계속해서 등장하는 이분법적 대립의 구도들을 그대로 사용하는 글쓰기를 할 수밖에 없다는 것이다. 또한, 비록 이러한 글쓰기 전략이 남성 담론의 틈(들어보지도 못한 모순)을 인지하게 해 주며 이 지점이 남성의 규정적 담론에 대한 저항이 시작될 수 있는 지점이라고 해도, 자신의 목소리(담론)를 가지지 못한 화자는 담론 속에서 침묵으로 남아 있는 것에 의해서만 그녀의 손실을 보상받게 된다(117).

해니-페리츠는 오래된 저택을 상징계, 즉 언어의 질서라고 보는 것이다. 벽지의 창살 무늬 뒤에 갇혀 있는 여자는 창살이 쳐져 있는 창으로 둘러싸인 방에 감금되어 있는 화자와 같은 처지에 놓여 있다. 따라서 남편과의 대화가 계속해서 실패하면서 화자가 벽지

뒤의 여자를 발견하고 거기에 점점 빠져드는 것은 상징계에서 상상계로의 퇴행이라는 것이다(118). 따라서 이 텍스트에서 독자들은 여성의 이야기가 아니라 남편의 요구와 욕망의 이야기를 읽게 된다. 해니-페리츠의 결론은 마지막 부분에서 벽지를 뜯어내는 것에 의해 화자가 진정한 자신을 발견했다는 것은 상상일 뿐이며 남성 담론으로부터의 탈출은 완전히 이루어지지 않았다는 것이다.

남성적 언어 질서를 벗어나려 하는 화자의 필사적인 노력의 결과는 진정한 의미에서의 해방이 아니라 상상계로의 퇴행이라는 의미에서 이 이야기를 애매한 텍스트라고 할 수 있다. 하지만 우리는 화자의 글쓰기 외에 벽지의 무늬에서도 이러한 '애매함'을 발견할 수 있다. 무늬는 남성적 언어의 공간인 동시에 여성적 언어의 공간이다. 줄리아 크리스테바(Julia Kristeva)는 『시적 언어의 혁명』 (*Revolution in Poetic Language*)에서 오이디푸스 콤플렉스 이전 단계의 언어 상태에 상상계라는 말 대신에 '기호적'(semiotic)이라는 이름을 붙인다. 차별화되고 논리화된 남성적인 상징적 질서와는 달리 오이디푸스 이전 단계인 기호적인 언어는 의미화되기 이전의 힘의 유동적인 흐름의 상태이다. 크리스테바는 이 유동적인 흐름이 '코라'(chora)에 의해 지배된다고 설명하는데, '코라'는 "움직임과 일시적인 상태들로 구성되는 근본적으로 유동적이고 지극히 일시적인 분절"(25)을 지칭하는 말이다. 이 코라는 "자양분을 공급하며 모성적인, 아직 질서 지어진 전체로 통합되지 않은"(26) 무엇이다. 코라 기호적인 언어는 여성적인 언어와 밀접하게 연관되어 있다. 크리스테바가 '기호적'이라고 부르는 언어 영역과 '상징적'(symbolic) 언어 영역은 서로를 전제하고 있다. 분절되고 논리적인 남성적 언어 영

76

역은 중심을 통해 주변을 억압하는 질서체제를 유지하려 한다. 이에 반해 유동적이고 지극히 일시적인 분절이면서 질서 지어진 전체로 통합되지 않은 여성적 언어는 남성적 언어에 의해 억압되면서도 남성적 언어 영역의 전제가 된다.

화자가 감금되어 있는 방의 벽지 무늬는 화자에게 '악몽과도 같은'(Gilman, *The Yellow Wallpaper* 25) 것이다. 그러나 화자는 그 벽지에 대해 불평하면서 방을 옮겨달라고 요구하는 남편과의 대화가 실패로 돌아간 후부터 오히려 벽지에 대해 본격적인 관심을 갖게 된다. 화자는 벽지에 대한 자신의 불쾌한 느낌에 대해 진지한 대화를 시도하지만 남편은 그것이 의지와 분별력이 결여된 '어리석고 바보 같은 환상'(24)이라고 일축해버린다. 벽지 무늬에 대한 화자의 읽기와 쓰기가 본격적으로 시작되는 이때부터 벽지는 말의 영역을 떠나 글의 영역으로 옮겨간다. 남편은 자신의 의학 담론이 아내의 환상보다 우월한 것임을 주장하고자 하지만, 아내를 방에 가둘수록 그 감금의 근거도 벽지 무늬의 '어리석고 바보 같은 환상'에 의해 유지되고 있음을 계속해서 말하게 된다. 남편은 화자를 환자로 규정하고 아이들을 대하는 듯한 태도를 통해 화자를 언어 이전의 상태로 퇴행시키면서 자신의 처방과 규정이 옳음을 주장한다. 남편이 내세우는 남성/의학 담론의 논리는 여성 화자를 이 층 방에 가두는 근거가 된다. 그러므로 화자가 갇혀 있는 방은 남성적 언어의 영역이다.

그러나 화자가 바라보는 벽지는 어지럽고 무질서하며 도저히 읽어낼 수 없는 무늬를 가지고 있다. 무늬를 만드는 어떤 원칙에도 들어맞지 않는 무늬는 차별화되기 이전의 유동적인 흐름이다. 아내가 방을 옮겨달라고 요구했을 때 남편은 논리적으로 이유를 내세우면서 아내를 계속 그 방에 가두려 하지만 실상은 비논리적인 공간 속으로 아내를 밀어 넣게 되는 것이다. 게다가 그 벽지는 바깥 무늬 안쪽에 희미한 여자의 모습까지 숨기고 있다. 애드리엔 뮤니크(Adrienne Munich)는 가부장적 텍스트들이 성 구별을 확인하고 지속시키는 이야기들을 하고 있으면서도, 동시에 그 이분법적 위계질서를 전복시키려는 힘들도 포함하고 있다고 주장한다(257). 남성 중심적 텍스트 속에는 언제나 여성의 이야기가 들어 있다는 것이다.

「누런 벽지」에서 화자의 남편이 내세우는 '가부장적 텍스트'의 배경에도 여성의 모습이 존재한다. 화자가 갇혀 있는 방이 성의 차이가 신비화되고 위계화되는 남성적 언어의 영역이 되려고 하는 순간, 종잡을 수 없는 무늬와 그 속에 갇힌 여자의 모습으로 인해 남성/의학 담론이 주장하는 그 신비화와 위계화는 불가능해진다. 화자에 대한 남편의 논리적 감금은 비논리적인 무질서에 의해, 그리고 그것을 억압함으로써만 가능해지는 것이다. 환자로서의 여성에 대해 우월성을 주장하고 아내를 감금하는 수단인 벽지에 새겨진 의사로서의 남성의 논리는 무늬의 비논리와 그 속에 갇힌 여자의 모습에 의존한다. 남편이 주장하는 남성적 언어의 논리와 진리는 스스로의 우월성을 주장하기 위해 그것이 필요로 하면서도 억압하는 비논리의 영역인 벽지에 의해 더 이상 유지되지 못한다.

서양의 근대 휴머니즘 전통은 이성/비이성, 남/여, 합리성/비합리성 등의 이분법적 위계질서에 기초해 있다. 「누런 벽지」에서 남편이 유지하고자 하는 것도 이와 마찬가지로 남/여, 논리/환상의 이분법적 구조이다. 길먼이 이 작품에서 남편의 우월성을 지지하는 이분법을 해체하는 것은 서양의 근대적 지배 질서를 해체하고자 하는 것으로 이해할 수 있다. 여성을 억압하는 남성 중심적 질서는 근대 휴머니즘의 가부장적 사회 체제와 연관되어 있기 때문이다.

2) 의문적 텍스트

「누런 벽지」는 글쓰기 행위 자체를 통해서 자신을 주체의 위치로 호명하는 지배적 사회질서의 이데올로기적 실천에 대한 저항을 계속하고, 지배질서 속에서 타자에 의해 구성된 정체성이 구성되는 과정에 주목한다. 또한 텍스트의 의미에 의해 가려져 있던 텍스트 구성의 과정을 전경화시킴으로써 억압적인 의미에 저항할 수 있는 가능성을 열어주는 텍스트이다. 그러므로 우리는 이 이야기를 투명한 지배담론이 제시하는 수동적 주체의 위치를 거부하고 말하는 주체와 쓰는 주체, 언표행위의 주체로서의 자신의 주체성을 구성하고자 하는 의문적 텍스트의 하나로 읽을 수 있다.

화자는 의사인 남편이 내리는 일방적 처방(규정)에 대해 비밀스럽고 개인적인 글쓰기를 통해 저항한다. 언어 질서를 대표하는 남편에 대항하는 과정에서 화자는 벽지 무늬의 기괴함을 바라보게 되고 무늬 창살 뒤에 갇힌 여자의 형상과 자신을 동일시한다. 화자도 무늬 뒤의 여자처럼 남성 지배 담론에 의해 감금되어 있는 것이다. 상징적 언어 질서 속에서 '환상'은 금지되어 있다.

다른 창밖으로는 만의 아름다운 경치가 한눈에 들어오고 이 집에 딸린 조그마한 선착장도 보입니다. 집에서 그곳까지는 그늘이 드리운 아름다운

길이 나 있습니다. 저는 환상 속에서 사람들이 이 많은 길들과 나무들 사이를 걸어가는 것을 봅니다. 하지만 남편은 환상 같은 것은 아예 갖지도 말라고 저에게 주의를 줍니다. 그는 상상력과 이야기를 만드는 습관 때문에 저 같은 경우의 신경쇠약은 분명히 자극적인 환상에 끌리게 되며 제 의지와 분별력을 잘 발휘해서 그런 경향을 조절해야 한다고 말합니다. 그래서 저는 그렇게 합니다.(Gilman, *The Yellow Wallpaper* 15 - 16)

남편의 '의지'와 '분별력'은 화자의 환상을 억압하는 가부장적 담론에 연결된다. 화자는 환상, 이야기를 만드는 것과 일을 금지하는 남편의 처방대로 따르려 하지만 근본적으로는 거기에 동의하지 않는다. 글쓰기가 진행되는 과정 내내 화자는 남편의 의지와 분별력에 대항해서 자신의 환상을 내세운다. 남성/의학 담론에 의해 처방된 견디기 힘든 휴식치료에 대해 화자는 "개인적으로 저는 그네들 생각에 동의할 수 없습니다. 개인적으로 저는 제 적성에 맞는 일과 어느 정도의 자극과 변화가 저한테 훨씬 좋을 것이라고 생각합니다."(Gilman, *The Yellow Wallpaper* 10)라고 말한다. 화자는 계속해서 억압되는 환상을 결코 포기하지 않는다. 화자가 이를 통해 지키고자 하는 것은 남성 중심 담론 속에서 환자로 규정된, 명백하고 통합된 것으로 제시된 자신의 주체에 대항하는 저항적 자아를 발견할 수 있는 가능성이다.

이 이야기는 남성의 영역인 상징적 언어 질서 안에서 여성 화자가 정체성을 찾는 것이 얼마나 어려운가를 보여주는 이야기로 읽을 수 있다. 헤저스는 "남성적 언어의 영역인 상징계의 남성적 의미화 체계 안에서 자신의 정체성이나 주체성을 찾으려는 그녀의 노력은 거의 언제나, 모든 여성들이 그 영역에 스스로를 진입시키는 데서 오는 어려움이 주어진 상태에서, 실패하며, 그녀가 무의식적으로 하는 이야기는 그녀가 알지 못하는 의미를 나타내게 된다."(Hedges, "Out at Last" 329)고 말한다. 다시 말해서, 이 이야기는 지배적 담론의 질서 안에서 여성적 주체성을 구성하는 것의 어려움을 보여주는 자기 고백인 것이다. 앞서 헤저스가 이 이야기 자체는 저항에 실패했지만 길먼은 이 이야기를 쓰는 행위를 통해서 저항을 계속할 수 있었다고 지적했던 것처럼, 길먼은 글쓰기를 통해 자신을 사회질서 내의 명백한 주체로 구성하는 이데올로기에 저항한다.

알튀세르는 주체를 두 가지 서로 상반되는 개념으로 정의하는데, 주체란 먼저 "주도적인 행위의 중심, 자신의 행동의 원천이면서 거기에 책임을 지는 자유로운 주체성"(123)이면서, 다른 한편으로는 "더 높은 권위에 복종하고, 자신의 복종을 받아들일 자유 외에는 모든 자유를 박탈당한 종속된 존재"(123)이다. 자유로운 행위자인 동시에 종속된 존재라는 이 모순은 이데올로기의 기능에 의해 해결된다. 이데올로기는 종속된 존재로서의 주체를 자유로운 행위자로 제시하는 것이다. '이데올로기적 기구들'(ideological apparatuses) 속에 구체적인 사회적 실천의 형태로 존재하는 이데올로기는 개인을 주체의 위치로 불러내고, 개인을 주체로 구성하는 이데올로기의 작용을 은폐함으로써 개인에게 자신이 자유로운 주체라는 환상을 심어주게 된다. 개인에게 자신에 앞서 사회 내에서의 존재조건으로 미리 주어져 있는 위치를 인지에 의해 자신으로 확인하도록 강제함으로써 모든 이데올로기는 구체적인 개인들을 주체들로 구성한다(116). 이데올로기에 의해 구성된 주체들은 자신에게 주어진 주체-위치를 자신과 동일시하는 '상상적 관계'(라캉이 말하는 상상계적 단계)에 있게 된다. 자신보다 앞서 있는 이데올로기를 벗어나서는 개인은 주체가 될 수 없고, 개인은 이데올로기에 의해 '언제나 이미'(117) 주체로 구성되어 있다.

남편이 화자에게 내리는 처방은 그녀의 건강을 회복시키기 위한 것이다. 남편이 저택을 빌려 여름을 화자와 같이 나고 화자를 이층 방에 머물게 하는 것도 마찬가지다. 남편이 의사라는 사실에서 우리는 남편의 처방을 19세기 미국의 여성들을 이데올로기 속에서 주체적 위치로 규정하는 지배 담론으로 읽을 수 있다. 의사/남성으로서의 남편은 환자/여성으로서의 화자에 대한 권위를 가진다. 이에 대해 쟈네트 킹(Jeannette King)과 팸 모리스(Pam Morris)는 다음과 같이 설명한다.

> 「누런 벽지」에서 현실을 명명하고 따라서 구성할 수 있는 힘은 의사/환자 관계에 잠정적으로 표현되어 있다. [……] 남성이 여성에 대해 가지는 힘은 그러므로 여성들에게 허용된 일과 그렇지 않은 일을 규정할 수 있는 권위에만 제한되지 않는다. 남성들은 진단을 내리는 — 아픈 것과 건강한 것, 비정상과 정상을 명명하는 — 훨씬 더 근본적인 힘을 가지는 것이다. 의학은 따라서 언어가 남성의 힘을 유지하는 메커니즘을 예시한다. 언어를 통해서 경험은 정의되며 따라서 가부장적 이데올로기에 따라 통제된다.(26 – 27)

의사인 남편은 화자를 환자로 규정하고 처방함으로써 화자에 대해 절대적인 권위를 가지게 된다. 따라서 남편의 규정과 처방에 복종할 경우 화자는 가부장적 담론에 의해 '주어지는' 주체의 위치에 편입되어 들어가게 된다. 그러나 화자는 여기에 저항한다. 이 이야기의 도입부에서 화자는 남편이 의사라는 사실이 자신이 잘 낫지 않는 이유라고 말한다(Gilman, *The Yellow Wallpaper* 9 – 10). 이것은 화자가 자신의 존재 조건에 대해 실제적으로 접근하지 못하고 남편의 의학 담론을 통해 상상적으로만 접근할 수 있기 때문이다. 화자는 명백하고 능동적인 것으로 제시되는 의학 담론 내에서의 수동적이고 종속적인 주체로 구성되어 있는 것이다. 화자가 처한 이런 상황은 벽지 무늬 뒤에 갇혀 있는 여자의 형상에서도 상징적으로 찾아볼 수 있다.

그러므로 이 이야기는 남성 담론의 이데올로기적 작용에 대한 저항이며, 남성 의학 담론이 여성을 종속적 주체로 구성하는 이데올로기임을 밝히려는 시도라고 할 수 있을 것이다. 벨지는 이데올로기란 부분적인 진실을 전체적인 진실로 제시하는 '생략의 체계'라고 설명한다. 즉 이데올로기란 "그것이 진실일지라도, 전체적인 진실은 아니다. 이데올로기는 부분적인 진실을 제시함으로써 실제적인 존재 조건을 흐리게 만든다. 그것은 거짓말이라기보다는 생략의 체계, 틈이며, 모순들을 무마시키고, 실제로는 그것이 회피하는 문제들에 해답을 제공하는 것처럼 보이게 한다."(*Critical* 53)는 것이다. 「누런 벽지」는 남성 의학 담론에서 생략되고 억압된 것, 그 담론이 제시하는 부분적인 진실 이외의 전체적인 진실, 그 담론이 해답을 제시하는 것처럼 보이면서도 사실은 회피해버리는 문제들을 드러내 보이려는 시도로서의 글쓰기이다.

화자는 자신이 이 이야기를 왜 써야 하는지 모르면서도 쓴다는 사실 자체는 위안이 된다고 말한다(Gilman, *The Yellow Wallpaper* 21). 화자가 금지되어 있는 환상을 계속하고 또 표출하는 방법은 마찬가지로 금지되어 있는 글쓰기를 통해서이다. 자신이 이 글을 써야 하는 논리적인 이유는 알지 못하더라도, 글을 쓴다는 사실 자체는 곧 화자가 저항적 자아를 추구하는 방법이다.

이 두 자아 사이의 모순은 일인칭 서사 방식과도 연관되어 있다. 길먼이 남성/의학 담론에 저항하면서 사용하는 일인칭 서사 방식은 필연적으로 말하는 나와 표현되는 나 사이에 분열을 가져온다. 킹과 모리스는 "자아 내부의 분열은 일인칭 서사 방식을 통해 명료해진 다. 서술하는 '나'와 그 *언표*의 주체인 '나', 쓰는 여주인공과 쓰이는 여주인공 사이에는 틈이 있는 것이다. 이런 방식으로 두 '나'들을 포섭하는 텍스트에 의해 구성되는 인물은 근본적인 모순의 장소가 된다."(King 28)고 지적한다. 따라서 길먼이 사용하는 일인칭 서사 방식은 남성적 언어의 영역에서 담론의 주체와, 그 주체에 대해 이야기하는 주체 사이의 분열을 드러내는 것이라고 할 수 있는 것이다.

벨지는 주체가 가진 이 모순, 즉 언어 속의 자아와 그 자아를 통해 완전히 표현되지 못한 자아 사이의 모순이 바로 저항의 가능성을 가지고 있다고 주장한다(*Critical* 78). 자신의 이야기가 살아 있는 사람에게 하는 것이 아니라 생명 없는 종이 위에 쓰는 것이며 이것이 자신에게 위안이 된다고 하는 화자의 말은(Gilman, *The Yellow Wallpaper* 9－10) 자신의 자아를 남성 담론을 강요하는 사람들의 영역에서 찾지 않고 그와는 다른 글쓰기 속에서 찾으려 하는 생각을 나타내는 것으로 해석해 볼 수 있다. 남편이 비웃을 것이라고 생각하면서도 이 이야기를 쓴다는 사실 자체에서 위안을 찾는다는 화자의 말도 이와 같은 맥락에서 이해할 수 있을 것이다. 자서전적 글쓰기 일인칭 서사를 통해서 길먼이 찾고자 하는 것은 담론의 주체 속에 표현되지 못한 본래적 자아라고 할 수 있을 것이다.

남성적 질서의 엄격함에 대한 저항과 억압된 자아의 표현은 이 이야기의 마지막 부분에서의 광기에서 잘 나타난다. 화자가 벽지를 벗겨내고 여자를 탈출하게 만든 후 방안을 기어 다니는 광기는 앞서 살펴본 여러 비평가들의 지적처럼 이 이야기의 실패를 보여주는 것이라고 할 수 있을 것이다. 그러나 샤리 벤스톡(Shari Benstock)이 "「누런 벽지」의 마지막은 무시무시한 패배인 동시에 영광스러운 승리이다."(The Private Self 47)라고 지적하는 것처럼, 화자의 광기는 억압적 지배질서가 제시하는 자신의 모습과 역할에 성공적으로 저항하는 수단이라고 할 수 있을 것이다.

3) 자서전적 글쓰기

「누런 벽지」가 저항의 가능성을 가지게 되는 것은 자서전적 글쓰기 양식을 통한 것이기도 하다. 자서전적 글쓰기는 사회적으로 주어지는 주체가 아닌 자신의 본래적 자아를 주제로 삼는 글쓰기이다. 따라서 「누런 벽지」의 화자가 행하는 자서전적 글쓰기에서 우리는 19세기 말 미국의 남성 중심적 지배 질서에 저항하면서 스스로의 정체성을 찾으려는 시도를 읽을 수 있다. 또한, 자서전적 글쓰기인 이 작품의 저항의 대상이 되는 남성/의학 담론은 서양의 근대 부르주아 휴머니즘적 전통과 연결되어 있다.

「누런 벽지」의 화자가 글쓰기를 통해 저항하는 남성/의학 담론은 근본적으로 남성적 언어를 통해 작용한다. 이와 관련하여 파울라 트레이클러(Paula A. Treichler)는 "의사의 진단적 언어는 남편의 부권적 언어와 짝을 이루어 그녀의 행동에 대한 엄청난 통제력을 행사하게 된다."(196)고 지적한다. 따라서 이 이야기는 남성적 언어 질서 안에서 재현된 자신의 자아에 대한 거부라는 측면에서 생각해 볼 수 있다. 트레이클러는 계속해서 이 이야기에 나타나는 남성적 언어에 대해 다음과 같이 설명한다.

합리적이고 실용적이고 관찰 가능한 것에 특권을 부여하는 것은 남성의 목소리이다. 미신을 배격하고 그 집을 유령이 돌아다닌다고 보거나 화자의 상태를 심각하다고 보기를 거부하는 것은 남성적 논리의 목소리이다. 그것은 여성 화자를 통제하고 그녀가 세계를 인식하고 그것에 대해 이야기하는 방식을 규정한다.(196)

남성적 목소리는 여성을 포섭하고 재현한다. 이 이야기의 화자가 찾고자 하는 자아는 이러한 남성적 목소리에 의해 무시되고 가려진 목소리라고 할 수 있다.

하지만 화자는 남성/의학 담론에 의해 환자로 규정되어 남편이 지정한 방에 갇혀 있다. 이런 화자가 남성적 언어 질서를 벗어나는 것이 쉬운 일은 아니다. 캐서린 골든(Catherine Golden)은 화자가 이 질서를 벗어나는 것의 어려운 점에 대해 다음과 같이 지적한다.

글을 쓰면서 화자가 사용하는 언어는 화자가 언어를 인식하는 방식을 지배하는 19세기 후반의 남성 지배라는 사회적, 경제적, 정치적 현실이 스며 있다. [……] 의사들이 진단을 내리고 휴식 치료를 처방하는 말들 혹은 화자가 자신의 정상성을 유지하기 위해 만들어 내야 하는 언어 자체를 벗어날 길은 없다.("The Writing" 298)

세계를 구성하고 재현할 수 있는 권리는 남성적 언어가 가지고 있다. 자신의 자아를 구성하고자 하는 여성이 벗어날 수 없는 남성/

의학 언어에서 화자에게는 환자의 정체성이 주어져 있고, 또한 그 것에 의해 통제된다. 주디스 페털리(Judith Fetterley)는 남성의 텍스트들을 읽을 것을 강요당하며 그 텍스트들의 인물들이 되어야 하는 여성들의 상태를 가리켜 일종의 "심리적 자살"(psychic suicide)이라고 부른다(159).

남성의 텍스트에 의해 구성된 정체성을 부여받고 본래의 자신을 스스로 죽여야 하는 상태를 벗어나는 방법의 하나로 골든은 가려진 텍스트 속에서의 언어 사용의 변화를 지적한다. 골든은 「누런 벽지」를 '겹쳐 쓴 양피지'(a double palimpsest)로 해석한다. 벽지의 무늬에 바깥의 주 무늬와 그 창살 뒤에 갇힌 지워진 여자의 형상이 희미하게 보이는 것처럼, 이 텍스트에도 주 이야기인 화자의 미친 행동(벽지를 벗겨내고 기어 다니는 것) 뒤에는 지워진 텍스트로서의 화자의 가려진 언어(화자의 대명사 사용과 남편에 대한 호칭)가 있다는 것이다("The Writing" 296). 화자의 광기를 보여주는 주 텍스트는 저항에 실패하지만, 그 뒤에 가려진 화자의 언어 사용은 지배적인 주 텍스트가 그녀를 정상적인 상태에서 끌어내려 광기로 몰아넣는 바로 그때 화자의 정체성과 자기 인식에 극적인 변화를 가져온다.

골든은 이러한 언어 사용의 예로 날짜가 없이 일기 형식으로 된 첫 글과 마지막 글의 한 문장씩을 비교한다. 첫 글에서의 문장 "물론 존은 저를 비웃습니다. 하지만 결혼을 하면 으레 그런 것이지요."(John laughs at me, of course, but one expects that in marriage)(Gilman, *The Yellow Wallpaper* 9)에서 쓰인 자동사 'laugh'는 화자를 전치사를 통해서만 목적어로 취할 수 있다. 따라서 전치사구 'at me'를 빼고도 이 문장은 "John laughs …… of course, but one expects that in marriage"로 읽을 수 있으므로 화자는 문장의 주변부에 위치하게 되고, 자신을 'I'가 아닌 'one'으로 지칭하게 된다. 그러나 마지막 글에서의 문장 "나는 그를 지날 때마다 기어서 넘어야 했습니다!"(I had to creep him over every time!)(36)에서는 앞의 문장과 주어와 목적어의 관계가 역전되어 있다. 앞의 문장에서 생략되었던 '나'는 주어가 되고 주어였던 '존'은 전치사 'over'의 목적어가 되어 생략된다. 그러므로 이 문장은 "I had to creep …… every time!"으로 읽을 수 있다("The Writing" 302 – 03). 결론적으로 "화자의 행동들은 정상성의 영역 밖에 있지만, 그녀가 차지하게 되는 문법적 위치는 자신을 가두었던 가부장적 사회의 힘들 중 하나에 대해 저항감이 생겨나는 것을 의미한다"("The Writing" 303).

주 텍스트와 가려진 텍스트는 바꾸어 표현하면 상징적 질서의 영역에 속하는 가부장적 텍스트와 상상적 질서의 영역에 속하는 저항적 텍스트의 구분이라고 할 수 있을 것이다. 사실 이 작품에 대한 많은 해석과 비평들은 명백한 이야기 뒤에 가려지고 지워진 텍스트를 찾아내는 데 초점이 맞추어져 있다. 이 가려지고 지워진 텍스트를 찾아내는 것은 억압적인 남성 지배 담론에 저항할 수 있는 여성적 자아를 구성하는 자서전적 글쓰기를 통해서 찾아볼 수 있다. 또한 자서전적 글쓰기는 남/여의 지배와 저항의 관계를 넘어서서 백인 남성 중심의 전체적이고 억압적인 자유주의 휴머니즘에 의해 가려지고 지워진 자아를 찾는 것이기도 하다. 자서전적 글쓰기가 백인 남성 중심적 가치관의 이데올로기에 의해 주어지는 주체의 위치를 거부하고 '말하는 주체'를 찾으려 한다는 점에서 그것은 또한 의문적 텍스트라고 할 수 있을 것이다. 자서전적 글쓰기와 의문적 텍스트가 하는 일은 지금껏 명백하게 드러난 텍스트에서 주변부에 위치하고 생략되었던 전치사의 목적어로서의 자신을 주어의 자리에 위치시키는 문장을 쓰는 것이다. 이러한 문장을 쓰는 과정은 드러난 텍스트로서의 이야기보다는 가려진 텍스트로서의 글쓰기 과정에서 찾아볼 수 있다.

몇몇 비평가들은 억압적인 남성 지배담론에 저항하면서 여성적 자아를 추구하는 효과적인 방법은 이 작품의 마지막 부분에서 화자가 보여주는 광기라고 설명한다. 길버트와 구바는 『다락방의 미친 여자』(The Madwoman in the Attic)에서 「누런 벽지」의 드러난 텍스트가 억압적인 가부장적 사회질서에 대한 저항에 성공했으며, 이것이 작가 길먼에게도 그 당시의 사회에 성공적으로 저항할 수 있게 해 주었다고 평가한다. 이 이야기의 화자가 남성 중심의 사회, 즉 감금의 상태에서 탈출하는 데 성공했으며 이야기를 서술하는 것을 통해서 작가도 자신을 표현할 수 있었다는 것이다. 길버트와 구바에 의하면 이 이야기는 "여성의 감금과 탈출에 관한 놀라운 이야기, (『제인 에어』처럼) '말 못할 고통'을 말할 수 있는 여류 작가라면 누구라도 말하고자 할 전형적인 이야기"이다(89).

화자의 남편은 방을 옮겨 달라는 화자의 끈질긴 요구를 묵살하고 누런 벽지로 둘러싸인 이 층 방을 쓰도록 강요한다. 결국 화자는 벽지의 기묘한 노란색과 무늬에 점점 빨려 들어가면서 창살처럼 생긴 무늬 뒤에서 발견한 흐릿한 여자의 형상과 자신을 동일시한다. 마지막 부분에서 화자가 벽지를 뜯어내어 자신의 분신인 창살 뒤의 여자가 거기서 빠져나올 수 있도록 함으로써 결국 남성 중심적 억압을 벗어날 수 있게 된 것이다(91). 다시 말해서 남성/의학 담론에 의해 환자로 규정된 화자의 저항적 행동들을 통해 작가 길먼도 그 억압적 질서에서 탈출할 수 있었다는 것이다.

그러나 우리는 이 이야기를 병으로부터의 탈출이 아니라 병을 통한 저항이라는 맥락에서 읽음으로써 이 작품의 자서전적 저항에 더 잘 접근할 수 있다. 다이엔 프라이스 헤른들(Diane Price Herndl)은 "병은 19세기 사회의 성 규범들에 도전하는 방법, 특히 남성 지배에 도전하는 여성적 형식, *병든* 세계에서 *진정한* 건강을 보여주는 기호가 된다."(114)고 지적한다. 따라서 마지막에 화자가 보여주는 광기는, 역설적으로, 병든 남성적 언어 질서에서 병자로 규정된 화자가 보일 수 있는 건강한 저항의 기호로 읽을 수 있는 것이다.

화자의 신경쇠약과 마지막 부분에서의 광기는 남성 담론의 지배 질서에 도전하는 하나의 방법이라고 볼 수 있다. 그러나 여기서 문제가 되는 것은 화자의 능동적인 광기가 달성한 것은 복종적 상태에 대한 정신적 보상일 뿐이며, 실제로는 이것이 기존의 체제를 영속화시키게 되는 결과를 가져오게 된다고 지적한다(Chung, *The Poetics* 77 − 78)[6].

---

6 길먼의 글쓰기의 과정에 초점을 맞추는 것과는 다른 주요 해석들을 소개하면 다음과 같다. 아넷 콜로드니(Anette Kolodny)는 이 이야기가 그 당시의 독자들이 받아들이기에는 너무나 충격적이고 시기상조였다고 보고 있다. 길먼은 그 당시의 중산계층의 여성들에게 정신적 혼란을 가져다주고, 순종적인 여성들에게 신성불가침의 영역인 가정을 광기의 소굴로 만들었다. 따라서 콜로드니는 독자들이 이 이야기를 받아들일 준비가 되어 있지 않았으며, 이 소설이 쉽게 출판되지 못했던 것도 바로 이 이유 때문이었다고 주장한다(51). 사실, 이 이야기가 애초에 ≪월간 애틀랜틱≫(*Monthly Atlantic*)지의 편집자 슈더(Horace Elisha Schudder)에 출판이 거절된 것과, 그 후 ≪뉴잉글랜드 매거진≫(New England Magazine)지를 통해 처음 발표된 후 계속해서 가해졌던 비난은 콜로드니가 말하는 이러한 점들과 관련되어 있다고 볼 수 있을 것이다. 다시 말해서, 이 이야기는 당시의 남성 중심의 기준을 위반하는 것이었고, 또한 남성의 기준에 의한 여성관을 거부하는 내용이었던 것이다. 헤저스의 지적처럼, 이 이야기에 대한 비난에 담긴 의미는 "여성은 '자신들의 장소에 있어야' 하며, 침묵을 지키거

화자는 벽지를 벗겨낸 뒤 남편에게 "드디어 빠져나왔어요." (Gilman, *The Yellow Wallpaper* 36)라고 말하면서 무늬 뒤의 여자처럼 자신도 빠져나왔다고 주장하지만, 실제로는 가부장적 질서에서 탈출하지 못한다. 오히려 화자는 미침으로써 아이러니하게도 자신을 비정상으로 간주하는 남편의 텍스트 속의 인물로 구성된다. 그러나 다른 한편 이 광기는 저항의 수단이며, 길먼의 「누런 벽지」를 우리는 이런 맥락에서 자서전적 글쓰기의 한 형태로 읽을 수 있다.

여성 작가들이 가부장적 사회질서 속에서 고통스러운 글쓰기 과정을 겪으면서 찾으려고 하는 것은 '말하는 주체'이다. 로빈 워홀 (Robyn R. Warhol)은 『페미니즘』(*Feminisms*)에서 여성 작가들이 작가 자신의 자아를 주제로 하는 텍스트, 즉 자서전적 텍스트들이 늘어나고 있다고 하면서, "페미니즘 이론가들과 비평가들은 - 영미 비평을 지배하는 전통적인 객관성의 인습과 결별하면서 - 종종 스스로를 자신들의 글쓰기의 '말하는 주체'로 불러낸다."(1033)고 지적한다. 여기서의 '말하는 주체'는 앞서 살펴보았던 언표행위의 주체라고 할 수 있을 것이다. 자서전적 글쓰기는 글을 쓰는 과정을 드러냄으로써 언표행위들을 드러내게 되고, 언표의 주체를 제시하는 남성 중심의 지배담론에서 벗어날 수 있는 가능성을 가지는 글쓰기라고 할 수 있다. 자서전적 글쓰기에 있어서는 이야기를 보여주

나 문제를 은폐하는 것 외에는 다른 아무것도 할 수 없고 해서도 안 된다는 것"(41)이었다. 메리 야코부스(Mary Jacobus)는 벽지의 냄새와 색깔을 남편에 대한 거세의 위협과 억압된 성적 욕망이라는 관점에서 독특하게 해석한다. 화자의 옷에 묻은 노란 얼룩은 그 당시 미국에서 억압되어 있던 여성의 글쓰기와 언급이 금지된 성을 나타내는 것이다. 이러한 문화적 억압으로 인해 화자는 벽지를 자세히 들여다보게 되고 결국 동물이 되어 버린다. 또한, 집안을 떠도는 악취는 화자가 만들어 내는 것이기도 하면서 남편에게서 나오는 남성의 히스테리적 반응, 즉 "소년을 무력한 유아의 상태로 되돌려 놓겠다고 위협하고 그녀의 상태처럼 거세해버리겠다고 위협하는 [……]어머니의 몸으로서의 여성성에 대한 두려움"(244)의 표현이다.

는 것보다는 '말하는' 것이 우선이 된다. 말하는 주체에 의해서 드러나는 것은 자아가 구성되는 과정이며, 이 과정에 주목하는 것은 언어 질서에 의해 주어지는 주체에 대해 반성할 수 있게 해 주는 것이다.

거울단계와 상징계(언어적 질서)에의 진입에 의해 분열되는 본래적 '나'와 사회적 '나' 사이에 형성되는 무의식은 '안'과 '밖' 사이의 공간, 즉 "차이의 공간, 자아의 통합을 향한 욕망이 완전히 메울 수 없는 틈"(Benstock, "Authorizing" 1041)이며, 이 무의식의 공간이 바로 자서전적 글쓰기의 공간이다. 자서전적 글쓰기의 공간은 타자의 흔적을 간직하며 오인된 사회적 자아에 의해 소외된 본래적 자아가 모습을 드러내는 장소인 것이다. 특히 언어적, 담론적 질서를 재현하는 자아의 통합성, 정체성, 동일성을 구성하는 남성적 자서전과 달리, 여성적 자서전에서는 여성의 복종을 강요하는 이러한 자아의 권위를 의문시한다. 자서전적 글쓰기를 통해 여성 작가들이 추구하는 자아는 여성적 자아이기도 하면서 서양의 근대적 자아를 거부하는 저항적 자아이기도 하다. 서양 백인 남성 중심의 담론에 의해 제시되는 통합되고 초월적인 주체를 거부하는 것은 주체를 탈중심화시키는 것에서 시작된다.

08 • 포스트모던 소설과 메타픽션

메타픽션은 소설의 재현 불가능성, 소설과 언어에 대한 자의식적 고찰, 중심과 확정된 의미의 부정, 안정되고 통합된 주체의 거부, 역사의 허구화를 통해 세계를 하나의 텍스트로 제시한다. 패트리샤 워(Patricia Waugh)에 의하면 메타픽션은 "메타픽션은 허구와 실제의 관계에 의문을 제기하기 위해 자의식적이고 체계적으로 인공물로서의 자기의 상태에 주의를 기울이는 허구적 글쓰기에 붙여진 이름이다."(2)이다. 이와 같이 소설을 인공물로 보는 것은 그것이 반영하는 세계에 대한 반성의 전제 조건이 된다. 소설이라는 매체에 대한 이와 같은 자기반영적 관심은 재현에 대한 믿음을 버리는 것이다. 이것은 문학 자체에 주의를 기울여서 그것의 가능성을 반성적으로 고찰함으로써 문학의 '신비화'(mystification)를 무너뜨리려는 의도를 가지는 것이다. 이것은 또한 텍스트의 의미를 저자가 통제하는 것이 아니라 자의적인 세계에서 다양한 독자들에 의해 다양하게 구성되는 것으로 남겨두는 것이다. 사실주의 소설의 서사전략을 고의로 무너뜨림으로써 메타픽션은 역사의 허구화와 주체의 해체에 이어진다.

매체에 대한 자의식은 언어에 대한 자의식과 밀접하게 관련되어 있다. 언어의 의미화 과정을 전경화시키는 것과 마찬가지로, 메타픽션에서는 소설의 표현 형식을 전경화시킴으로써 세계가 구성되는 과정에 주의를 기울이고 그것을 드러내고자 한다. 언어의 의미가 통제될 수 없다는 인식에서 메타픽션 작가들은 재현을 포기하고 문학의 의미를 독자와 세계 속에 맡겨두는 자기 지시적 전략을 채택한다. 언어와 마찬가지로 문학도 고정되거나 확정된 진리를 가지지 못한 채 의미화 과정 속에서 의미들을 기다리는 하나의 재료이다. 메타픽션은 넓게는 포스트모던(postmodern) 소설로 분류되는데, 우리는 이것을 포스트구조주의와 포스트모더니즘과의 관계 속에서 논의해 봄으로써 좀 더 명료하게 이해해 볼 수 있을 것이다.

1) 포스트모더니즘

언어의 물질성, 기표의 선행성, 자아의 분열, 언어의 효과 혹은 기능으로서의 인간 주체 등 포스트구조주의적 관점들은 사실 포스트모더니즘에서도 마찬가지로 찾아볼 수 있는 특징들이다. 물론 포스트구조주의와 포스트모더니즘을 직접적으로 연관시키는 것에 대해서는 이견이 없지 않다. 예를 들어 안드레아스 후이센(Andreas Huyssen)은 「포스트모던 지도 그리기」("Mapping Postmodern")에서 포스트구조주의와 포스트모더니즘의 차이를 논하면서 포스트구조주의는 기본적으로 모더니즘을 이론화한 것이라고 주장한다. 포스트구조주의는 언어가 주체를 구성하며 모든 재현의 체계는 텍스트로 환원시킬 수 있는 것이라고 봄으로써 미적인 것과 언어적인 것에 특권을 부여하는 또 다른 형태의 예술지상주의를 수립하고 있으며, 모더니즘과 포스트구조주의의 비전이 더 이상 가능하지 않다는 것을 나타내는 것이 바로 포스트모던적 상황이라는 것이다(40).

그러나 포스트구조주의 이론과 포스트모더니즘 소설 사이에서 우리는 몇 가지 유사점을 발견할 수 있다. 몰리 하이트(Molly Hite)는 포스트구조주의 비평 이론과 포스트모더니즘 소설은 언어와 실재를 텍스트화된 것으로 보는 데서 그 유사성을 찾을 수 있다고 말한다. 먼저, 포스트구조주의와 포스트모더니즘은 모두 언어가 세계를 정신에 전달하는 단순한 매개로서의 상식적 언어관, 담론에서 의미의 명확한 존재를 보증하는 투명한 매개로서의 언어관에 의문을 제기한다. 따라서 둘 다 문학 언어를 담론적 실천과 권력에서 분리될 수 없는 것으로 다루며 문학 언어가 사심 없고 가치중립적일 수 있다는 관념을 부정한다. 또한, 포스트구조주의와 포스트모더니즘은 세계와 텍스트의 근본적인 연속성을 주장하는데, 이것은 텍스트가 실재를 반영하거나 모방하기 때문이 아니라 실재가 불가피하게 텍스트화된 것, 다시 말해서 우리 앞에 제시되는 세계는 사회적 문화적 구성물이기 때문이다(700).

언어는 세계와 의미를 전달하는 투명한 매개라는 상식적 언어관에 대한 거부와 세계를 텍스트화된 것으로 보는 점 외에 포스트구조주의 이론과 포스트모더니즘 문학의 유사점으로 안정되고 통합된 주체에 대한 의심을 들 수 있다. 포스트구조주의에서 주장하는 언표와 언표행위 사이에서 분열되고, 의미화 과정 중에 있으면서 의미화의 결과로 일시적으로만 나타나는 주체는 포스트모더니즘 소설들에서도 쉽게 찾아볼 수 있다. 대상으로서의 세계에 능동적으로 참여하는 주체, 앎과 의미의 기원으로서의 주체가 아니라 오히려 언어와 담론에 의한 하나의 구성물로서의 주체라는 개념은 포스트모더니즘, 특히 메타픽션에서 언어로 이루어지고 그 속에 존재하는 인물들을 통해 나타난다. 따라서 우리는 「누런 벽지」의 경우와 마찬가지로 메타픽션에서도 투명한 텍스트에 의해 제시되는 초월적 주체를 거부하고 분열된 자아의 모습을 그대로 드러내며, 주어지는 주체보다는 그 주체가 구성되는 과정에 주의를 기울이는 포스트구조주의적 언어관과 주체관을 찾아볼 수 있다.

특히, 메타픽션 중의 하나로 분류되는 커트 보네것(Kurt Vonnegut)의 『제5도살장』(*Slaughterhouse – Five*)은 역사와 허구를 뒤섞어 놓음으로써 역사를 허구화시키며 이로 인해 우리가 살아가는 세계도 명백하게 주어지는 것이 아니라 선택과 배제의 담론적 과정에 의해 구성된 것임을 인식하게 한다. 또한, 이러한 세계 속에서의 주체도 재현이 불가능한 의미화 과정으로서의 언어에 의한 구성물이라는 사실을 드러낸다. 메타픽션에서 언어와 소설 내의 효과 혹은 기능으로 축소되는 주체는 말할 것도 없이 서양의 근대적 질서를 떠받치는 부르주아적 주체이다. 할 포스터(Hal Foster)의 지적처럼, 그것은 "부르주아적인 것이라고 짐작할 수 있고 가부장적인 것은 확실한"(78) 주체이다.

모더니티의 가치들인 이성, 자아, 주체, 과학, 진보 등은 전체화하고 중심화하며 보편화하는 특징을 보이는 반면, 포스트모던은 탈중심화하고 차이와 타자를 존중한다. 장 프랑소아 료따르(Jean Francois Lyotard)의 표현대로 말하자면 포스트모던의 기본적인 특징은 '거대서사에 대한 불신'(xxix)이다. 료따르가 '거대서사'라고 부르는 모더니티의 가치들은 곧 휴머니즘적 전통과 맥락을 같이하는 것으로 볼 수 있다. 실비오 개기(Silvio Gaggi)는 『모던/포스트모던』에서 포스트모던은 서양의 역사에서 르네상스 이후를 가리키는 근대를 떠받치는 기본 요소들을 초월하거나 거부하는 것이라고 주장한다.

> *포스트모던*은, 이런 맥락에서, 단지 20세기 초반의 문화에 뒤이은 현상이 아니라 근대 문화의 중심 요소인 휴머니즘 전통 전체에 뒤이어 나온 것을 의미한다. [⋯⋯] *포스트모던*이라는 말이 이런 식으로 쓰인다면, 휴머니즘 전통의 근본적인 가정들 ― 인간이 우주를 이해할 수 있게 해 주는 정신적 능력으로서의 이성에 대한 신뢰, 자아의 존재에 대한 믿음과 주요한 실존적 실체로서의 개인의 수용 ― 은 더 이상 유지될 수 없는 것으로 초월되거나 거부되었다는 것을 의미한다.(18 – 19)

포스트모더니즘은 세계관에 있어서는 반근대적, 반부르주아적, 반휴머니즘적, 반사실주의적인 경향을 가지고 있다고 볼 수 있다. 한편, 문학적 특성에 있어서는 모더니즘이 상정하는 미적 자율성의 영역을 거부하고, 허구와 역사를 뒤섞어 놓으며, 문학에 대한 자기반영적인 성격을 강하게 띠고, 깊이를 결여하고 있고, 확정된 의미를 거부한다는 점 등을 그 특징으로 가진다고 볼 수 있다. 포스트모더니즘은 이러한 점들을 통해 상실감, 소외, 자아 정체성의 위기 등을 문학적으로 표현하려고 한다. 특히, 메타픽션에서는 역사의 허구와, 소설 자체에 대한 자기반영성이 두드러지게 나타난다. 메타픽션의 이러한 특징들에 대한 논의는 텍스트의 재현 가능성에 대한 불신과 그로 인한 세계의 확실성에 대한 회의를 고찰하는 데서 시작할 수 있을 것이다.[7]

2) 소설의 재현 불가능성과 탈중심화된 주체

모더니티가 상정하는 역사의 확실성과 안정된 세계에 대해 메타픽션이 보여주는 이러한 의심은 실제를 구성하는 기저인 언어에 대한 관점의 변화와 관련지어 생각해 볼 수 있다. 개기는 예술작품의 형식을 이런 식으로 전경화시키는 것은 독자에게 자신이 아무 꾸밈없는 진리를 보고 있는 것이 아니라 실제를 재현하는 언어에 의해 조건 지어진 실제의 재현을 경험하고 있음을 상기시켜 주는 것이라고 지적한다(16). 다시 말해서, 소설 형식을 자기반영적으로 드러냄으로써 포스트모더니즘 소설은 소설이 하나의 허구적 구성물이라는 것을 드러내고 소설이 쓰이는 과정에 주의를 기울이게 한다. 이것은 소설처럼 허구적으로 구성되지만 우리에게 명백한 것처럼 제시되는 실제 세계가 구성되는 과정에 대해서도 반성적으로

---

7 한편, 마르크스주의 비평가들은 포스트모더니즘을 부정적인 시각에서 바라본다. 이들의 주장은 예술 및 문화적 현상으로서의 포스트모더니즘은 역사적 단계로서의 포스트모더니티에 대한 거부라기보다는 오히려 그 질서에 통합된 현상이며, 나아가서는 후기 자본주의 체제의 세계질서를 인정하기까지 한다는 것이다. 이러한 견해를 주장하는 대표적인 비평가는 프레드릭 제임슨(Fredric Jameson)이다. 제임슨은 「포스트모더니즘─후기자본주의 문화논리」("Postmodernism, or the Cultural Logic of Late Capitalism")에서 모더니즘과 포스트모더니즘의 차이를 예술을 통한 정치적 역할의 유무로 설명한다. 제임슨은 이 논문에서 예술적 혹은 문화적 맥락에서의 사실주의, 모더니즘, 포스트모더니즘이 자본주의 전개의 세 단계인 시장자본주의, 독점자본주의, 다국적자본주의를 각각 대표한다고 설명한다. 이 도식에 의하면 포스트모더니즘은 다국적 혹은 후기자본주의 시대에 대한 문화적 논리이다. 그러므로 포스트모더니즘은 사실주의와 모더니즘과는 다른 특징을 가지고 있는데, 그것은 깊이의 상실, 역사성의 상실, 미학적 대중주의 등이다. 특히 모더니즘 예술에 있어서는 미적 자율성이 부르주아 자본주의의 모순에 대항하는 정치적 성격을 가지는 것이었지만, 포스트모더니즘에 있어서는 예술이 오히려 서구 자본주의 사회에 통합되고 자본의 논리에 순응하게 되었다. 그리하여 포스트모더니즘시대는 예술과 문화가 정치적 성격을 상실한 채 "미학적 생산이 일반적으로 상품 생산에 통합된"(aesthetic production today has become integrated into commodity)(4) 시대가 된 것이다. 다시 말해서, 포스트모더니즘 작품들은 현 세계의 경제 질서 안에서 하나의 상품으로서의 자신의 지위를 즐기며, 의식적으로든 무의식적으로든 소비자본주의의 논리를 강화시키는 역할을 하게 된다. 그리하여 포스트모더니즘은 모더니즘이 가지고 있던 정치적 기능을 상실하게 되었다는 것이다.

고찰하게 하는 효과를 가진다. 하이트가 「포스트모던 소설」("Postmodern Fiction")에서 지적하듯이 "포스트모던 소설의 큰 주제 중의 하나는 텍스트로서의 세계, 추측할 수 없는 목적을 위해 그림자 같은 타인들에 의해 이미 구성된 코드의 체계로서의 세계이다"(700). 포스트모더니즘은 우리가 진입하기 전에 이미 확립되어 있는 세계를 무비판적으로 받아들이기를 거부할 수 있는 가능성을 모색하는 것이다.

이 과정에서 통합되고 안정된, 세계에 질서와 의미를 부여하는 존재로 우리에게 제시되는 주체 또한 탈중심화되고 해체된 주체임이 드러나게 된다. 소설 외부의 실제가 소설처럼 하나의 구성물인 것처럼, 그 세계 속에서의 인간 주체도 소설 속의 인물처럼 하나의 구성물로 제시된다. 이러한 주체는 언표의 주체가 아닌 언표행위의 주체, 의미화 과정 중의 주체, 해체되고 분열된 '주체 – 위치들'로 존재한다.

근대의 안정되고 통합된 주체에 대한 회의는 근대가 기초하고 있는 확실성, 특히 의심할 바 없는 것으로 간주되었던 언어의 재현 가능성에 대한 회의에서 시작된다고 할 수 있다. 포스트모더니즘은 예술이나 매체를 비롯한 삶의 많은 영역들을 구성해 온 범주와 가치들에 대한 회의이다. 다시 말해서, 근대 이후 우리가 전통적으로 아무런 의심 없이 진리라고 믿어 왔던 것들에 대해 근본적인 의문을 제기하는 것이다.

근대 세계의 확실성은 기본적으로 차별화의 체계를 초월해서 존재하는 영역이다. 이 영역에 속하는 가치들과 범주들은 주위의 물질적 과정들에서 자유로운 '자연적인' 것들로 간주된다. 모더니티가 내세우는 앎과 행위의 기원으로서의 주체 또한 이와 같은 범주의 하나이다. 그러나 주체는 앞서 살펴보았듯이 언어적, 담론적, 이데올로기적 구성물이다. 따라서 마수드 자바자데(Mas'ud Zavarzadeh)와 도날드 모턴(Donald E. Morton)의 저적처럼, "[포스트]모던적 관점에서, 인간은 의미를 찾는 존재가 아니라 의미를 생성하는 기호들의 교차의 효과로 나타난다. 인간은 자유로운 행위자이기보다는 문화적 중층결정의 결과인 것이다. 주체를 구성하는 의미화 행위들은 역사적으로 특수하며 무의식적이다"(60). 의미와 초월적 주체는 '탈신비화'(demystification)되고 인간은 세계를 구성하는 원리로서의 차별화의 체계, 의미화의 체계 안에서 주체 – 위치들로 탈중심화되어 있는 것이다.

3) 소설의 자기반영성과 역사의 허구화

실제 세계에 대한 표현 방식의 차이는 앞서 말했던 것처럼 모더니즘과 포스트모더니즘이 보여주는 실제 세계에 대한 재현의 방식의 차이이다. 무질서하고 혼돈스러우며 무의미하고 다원적인 세계에 대해 하나의 재현 전략을 세우고 그것에서 세계의 질서를 회복하려는 모더니즘과 달리 포스트모더니즘 문학은 그러한 무의미와 무질서를 있는 그대로 묘사해 내는 방식을 택한다. 이러한 전략을 채택하는 포스트모더니즘 문학은 문학도 하나의 허구이며 고안물일 뿐이라는 것을 보여줌으로써 우리가 살아가는 세계 자체도 재현의 체계에 의해 구성된 허구일 뿐이라는 것을 보여주고자 한다. 또한 문학이 쓰이는 방식에 계속적으로 독자의 주의를 환기시킴으로써 세계가 구성되는 방식에 대해서도 독자에게 주의를 기울이게 한다. 특히, 서양에서 근대에 형성되고 또 근대를 지탱하는 근본적인 요소였던 자아와 주체라는 개념 또한 하나의 구성물이며 허구라는 것을 포스트모더니즘 문학은 강하게 드러내 보여준다. 이러한 효과는 기존의 확립된 서사전략을 무너뜨림으로써 가능해지는 것인데, 포스트모더니즘의 문학의 이러한 특징은 메타픽션에 잘 드러나 있다.

'메타픽션'은 '메타언어'(metalanguage)가 언어를 대상으로 삼는 언어이듯이 픽션을 대상으로 삼는 픽션, 즉 기존의 소설에 대한 소설이라고 말할 수 있다. 다시 말해서 메타픽션은 기존의 소설 양식이 존재론적으로 위기를 맞이했음을 보여주기 위해 소설의 양식 자체와 소설이 쓰이는 과정에 주의를 기울이는 '자기반영적'(self-reflexive)인 소설이다. 이러한 자기반영적 소설이 보여주고자 하는 것은 예술이 더 이상 실제 세계를 반영할 수 없다는 것이다. 또한 메타픽션은 인공물로서의 소설과 절대적인 것처럼 보이는 실제 세계와의 관계에 주의를 기울이는 자의식적 소설이다. 제랄드 그라프(Gerald Graff)는 도날드 바슬미(Donald Barthelme)의 메타픽션적 소설 『백설공주』(*Snow White*)를 분석하면서 바슬미는 창작행위의 자의적이고 인위적인 측면에 집중하면서 자신의 작품에 불손한 태도를 취한다고 말한 다음, 이 소설에서는 "주체성과 언어의 유아론을 소설이 초월할 수 없다는 것이 소설의 주요 주제이며 그 형식의 원리가 된다."(53)고 지적한다. 그라프는 비판적인 견지에서 이 소설에 대해 논하고 있지만, 이 작품의 의의를 소설이 주체성과 언어를 초월할 수 없다는 것을 보여준다는 점에만 한정시킬 수는 없을 것이다. 메타픽션은 언어라는 매체를 사용하는 소설 형식이 가지는 한계를 보여줌으로써 소설이 현실을 반영하는 것이 불가능함을 보여주는 것이다.

세계에 대한 재현의 가능성에 대한 불신은 전통 소설이 가지는 서사 양식들과 내러티브에 대한 불신에서 비롯되는 것이다. 존 바스(John Barth)는 이러한 현상을 문학의 '고갈'(exhaustion)이라고 말하고 있다. 「고갈의 문학」("The Literature of Exhaustion")이라는 글에서 바스가 말하는 '고갈'된 문학은 문학 전체를 의미한다기보다는 기존의 리얼리즘 전통, 즉 문학을 통해 세계를 안정적이고 통합된 것으로 독자에게 제시하는 서사들과 모더니즘 문학이다. 바스는 고갈이란 "단순히 어떠한 형식들의 소진 혹은 어떠한 가능성이 고갈되었다는 느낌"일 뿐, 그것이 절망의 원인은 아니라고 덧붙인다 (64). 현실과 허구의 구별이 더 이상 유효하지 않게 된 시대에 전통적 문학 형식은 소진된다. 하지만 이 '고갈'은 바꾸어 말하면 새로운 문학의 가능성을 의미하는 것이기도 하다.

「고갈의 문학」이 나온 지 13년 후인 1980년에 「소생의 문학」("The Literature of Replenishment")에서 바스는 포스트모더니즘 문학이 새로운 문학이 될 것이라고 주장한다. 바스는 이 글에서 모더니즘은 끝난 문학이라고 말하면서, 그러나 그것이 모더니즘을 부정하거나 프리모던(premodern)으로 돌아가는 것을 의미하는 것은 아니라고 말한다. 오히려 새로운 문학인 포스트모더니즘 소설은 모더니즘적 글쓰기 양식과 프리모더니즘적 글쓰기 양식을 변증법적으로 종합하거나 초월하는 데 그 가치가 있다. 그러므로 모던과 프리모던의 대립을 초월하는 포스트모더니즘적 글쓰기는 모더니즘적 글쓰기와 프리모더니즘적 글쓰기가 구분해 놓은 대립들을 넘어서는 이상적인 글쓰기가 될 것이다. 포스트모더니즘 소설은 "모더니즘에 이어 두 번째로 좋은 것이 아니라 모더니즘 *뒤에 나온 가장 좋은 것*"(57)이며 이것이 언젠가는 '소생의 문학'이 될 것이라고 주장하고 있다(57). 그러므로 포스트모더니즘 문학은 사실주의와 모더니즘 문학이 세계를 안정적으로 재현하려는 의도에서 은폐하게 된 세계가 구성되는 과정을 드러내게 될 것이다. 또한, 중심 지향적이고 억압적인 모던에 의해 상실된 주변과 차이를 회복하고 '소생'시키는 문학이 될 것이다.

포스트모더니즘 소설이 보여주는 재현 가능성에 대한 불신이 실제 세계와의 완전한 단절을 뜻하는 것은 아니다. 특히, 메타픽션은 기존 소설의 재현 양식에 대한 회의, 소설이 쓰이는 과정을 드러내는 것, 작가가 작품 속에 등장이 인물이 되어 나타나는 것 등 여러 기법들과 특징들을 통해서 인공물로서의 자신의 위치를 드러냄으로써 소설도 하나의 구성물일 뿐이며, 실제 세계도 이와 마찬가지라는 사실을 보여주고자 한다. 우리에게 제시되는 세계 혹은 세계들이 그리 절대적이지 않으며 구성된 것이라면, 소설이 쓰이는 방식에 주의를 기울여 소설이 절대적인 문학 양식이 아니라는 것을 반성하는 것처럼 우리가 살아가는 세계에 대해서도 그것이 구성되는 과정과 방식을 반성적으로 고찰할 수 있을 것이다. 그러므로 메타픽션에서 허구와 실재는 구분하기 힘들어진다. 예술과 실제, 사실과 허구가 엄격히 구분되던 기존 소설의 전통은 메타픽션에 와서는 더 이상 유효하지 않게 되었다. 이러한 기존 소설 전통은 실제에서 예술을, 세계에서 소설을 분리하여 다른 담론들을 초월하는 것으로 간주하고자 하는 시도이다.

4) 메타픽션과 자기반영적 기법들

문학 자체의 과정에 주의를 기울이게 하는 방법 중의 하나는 문학의 형식이나 장치들을 전경화시키는 것이다. 칼리니스쿠는 러시아 형식주의의 장치의 전경화나 브레히트의 '소외효과'(alienation effect) 같은 것들을 포스트모더니즘적 시각에서 보면 스스로를 고안물로 제시함으로써 다른 모든 것들도 역시 고안물이며 이 상태를 벗어날 수 있는 것은 아무것도 없다는 것을 확인시키는 효과를 달성하고 있다고 지적한다(303). 세계에 대한 기존의 관습적 인식에 대해 회의하게 하기 위해 메타픽션이 스스로 드러내는 예술적 기법들은 러시아 형식주의자들이 주장하는 기법들의 효과와 유사한 면을 가지고 있다. 잘 알려진 것처럼, 러시아 형식주의자들은 예술의 목적이란 사물 자체가 아니라 사물에 대해 우리가 가지고 있는 관습적이고 자동화된 인식을 제거하고 사물에 대한 신선한 인지를 되돌려 주는 것이라고 주장한다. 빅토르 쉬클로프스키(Viktor Shklosvsky)는 「기법으로서의 예술」("Art as Technique")에서 러시아 형식주의자들이 문학에서의 대표적인 예술적 장치로 내세우는 '낯설게 하기' (defamiliarization)에 대해 "그것의 목적은 의미를 인식하게 하는 것이 아니라 사물에 대한 특수한 지각을 만들어 주는 것이다."(61)라고 말한다. 러시아 형식주의자들이 보기에 예술이 사물을 낯설게 만드는 효과를 달성하는 것은 예술적 기법들을 통해서만 가능하다. 이와 마찬가지로 메타픽션도 자체의 기법들을 통해 우리가 살아가는 실제 세계에 대한 우리의 관습화된 정당화를 반성적으로 고찰하게 하는 것이다. 이러한 메타픽션의 전략은 근본적으로 기존 소설의 서사전략을 고의로 위반하는 것이다.

　장치를 전경화시킴으로써 문학을 하나의 과정으로 바라보게 하는 것은 개기의 소설 유형론에서도 찾아볼 수 있다. 개기는 연극 유형에 기초하여 소설을 '피란델로 유형'과 '브레히트 유형'으로 구분한다. 먼저 피란델로 유형은 극중 극, 서사 속의 서사, 그림 속의 그림 등과 같이 하나의 작품 속에 또 하나의 작품이 들어가 있는, 격자구조의 작품들이 이에 해당한다. 브레히트 유형은 예술작품이나 다른 재현의 체계들을 명시적 내용으로 드러내지 않는다. 대신에 이 유형의 작품들은 스타일을 전경화시키기 위해 다양한 장치들을 채택하고 그렇게 해서 독자들에게 지금 읽거나 보고 있는 것이 인공물임을 상기시켜 준다. 스타일은 투명하지 않고 스스로에게 주의를 기울이며 독자나 관객과 작품의 함축적 의미 사이에 계속해서 끼어든다. 이것은 브레히트의 연극이 보여주는 특징들인데, 브레히트는 이런 장치들을 사용해서 관객에게 연극적 환상을 깨트리고 심미적 거리를 최대화시키고자 했던 것이다. 이렇게 함으로써 관객은 인물이나 사건들에 감정적으로 과도하게 몰입되지 않고 비판적 거리를 유지할 수 있는 것이다.

　개기는 계속해서 최근의 문학을 비롯한 예술 이론들이 브레히트 유형으로 쓰이거나 만들어진다고 말한다. 예술이 어렵게, 때로는 필요 이상으로 어렵게 만들어지는 이유는 자체에 주의를 기울이기 위한 것이며, "스타일의 불투명성은 독자나 감상자에게 자신이 아무 꾸밈없는 진리를 보고 있는 것이 아니라 실제를 재현하는 언어에 의해 조건 지어진 실재의 재현을 경험하고 있음을 상기시켜 주는 것이다"(16). 개기의 말을 바꾸어 표현하면, 메타픽션은 언어의

'불투명성'을 통해 독자에게 소설을 통해서 실재가 아니라 실재에 대한 재현을 보고 있음을 상기시켜 주고자 하는 소설 형식이다. 기존의 문학작품들이 형식, 기법, 스타일 등을 통해서 달성한 작품의 전경화를 메타픽션은 언어와 소설에 대한 자의식적 반성을 통해 달성하고 있는 것이다.

'메타픽션'이라는 말을 처음으로 사용한 사람은 윌리엄 개스(William Gass)로 알려져 있다. 개스는 『소설과 삶의 양상들』(*Fiction and the Figures of Life*)에서, 진정한 소설가는 단지 세계를 묘사하는 것이 아니라 "[……] 그의 할 일은 세계를 *만드는 것*이며, 그가 지배할 수 있는 유일한 매체인 언어를 가지고 세계를 만드는 것"(24)인 사람이라고 말한다. 개스는 호르헤 루이스 보르헤스(Jorge Luis Borges), 바스, 플랜 오브라이언(Flann O'Brien) 등의 소설들이 다른 형식들이 더해질 수 있는 토대가 되는 물질이 되는 '반소설'(anti‒novel)적 특성을 가지고 있다고 하면서 이러한 반소설들에 '메타픽션'이라는 이름을 붙이고 있다(25). 개스가 보기에 소설의 세계는 언어로 이루어진다. 이 언어는 물론 자기 지시적이고 자기 반영적인 언어이다.

워는 사실주의, 모더니즘, 포스트모더니즘 소설의 차이를 보여주면서 메타픽션을 설명한다. 18‒19세기의 사실주의 소설에서는 개인이 언제나 최종적으로 사회구조에 통합된다. 반면에 모더니즘 소설은 실제 세계에 반대함으로써 자율성을 성취하며, 이 갈등은 개인의 소외와 정신적 해결을 가져온다. 그러나 포스트모더니즘에서는 실제 세계와 소설과 언어의 관계에 주의를 기울이고, 이 언어와 사실주의 소설 속에 은폐된 권력 관계와의 연관성에 주목한다. 워의 다음 설명을 참고해 보자.

하지만 *현대*사회의 권력구조는 더 다양하고 더 효과적으로 은폐되거나 신비화되어 있어서 포스트모더니즘 소설가들이 '반대'의 대상을 확인하고 표현하는 데 있어서 훨씬 더 큰 문제들을 만들어 낸다.

메타픽션 작가들은 허구적 형식과 사회적 실재 사이의 관계를 검증하기 위해 자신들의 새로운 표현 매체 내부로 눈을 돌림으로써 이 문제에 대한 해답을 찾아냈다. [……] 메타픽션은 '실제' 세계에서 표면적으로는 '객관적인' 사실들에 대해서가 아니라 이러한 실재관을 유지하고 떠받치는 사실주의 소설의 언어에 대해 반대하는 것이다.(10-11)

사실주의 소설이 일상 언어를 통해 실제 세계를 유지하고 강화하는 역할을 한다면 모더니즘 소설은 대조적으로 그러한 실제 세계에 대해 반대하고 거부하는 문학형식이다. 그러나 포스트모더니즘 소설, 즉 여기서 워가 말하는 메타픽션은 실재 세계에 대한 반대라기보다는 그 실제 세계를 유지하고 강화하는 사실주의 소설의 일상 언어에 대한 거부라는 것이다. 사실주의 소설은 그것이 지시하는 실제 세계와 동일시되는 반면, 모더니즘과 포스트모더니즘 소설들은 실제 세계와의 독립성을 강하게 드러낸다. 모더니즘 소설은 혼란한 실제 세계에서 심오한 정신의 회복을 위해 실제 세계와는 구별되고 또 그것을 대체할 하나의 언어적 구성물로서의 자신의 지위를 주장한다. 그러나 메타픽션 작가들은 소설을 구성하는 과정 자체에 주의를 기울인다. 소설을 쓰는 과정이 곧 소설인 것이다. 이러한 메타픽션은 소설을 구성하는 자의적인 언어 체계를 통해서 실제 세계를 범주화하게 된다. 다시 말해서, 사실주의에서는 소설이 실제 세계에 접근하고 이해하는 수단이었다면, 모더니즘에서는 작가들이 무질서하고 혼란하다고 보았던 실제 세계를 거부하고 그 세계에 대한 구원적 대안으로서 소설을 내세웠다고 볼 수 있다. 모더니즘이 보여주었던 다양한 실험과 양식들은 결국은 불안정한 세계 너머에 존재한다고 가정되는 하나의 진리를 찾기 위한 것이라고 생각해 볼 수 있다.

그러나 포스트모더니즘에서는 실제 세계를 거부하는 것이 아니라, 독자들로 하여금 세계가 우리의 언어 속에 범주화되는, 즉 재현의 체계 속에서 구성되는 방식에 대해 생각할 수 있게 해 준다. 소설을 통해서 현실의 허구성을 폭로하는 것은 '초소설'(surfiction)에서도 찾아볼 수 있다. 레이먼드 페더만(Raymond Federman)은 "그것[초소설]이 현실을 모방해서가 아니라 현실의 허구성을 폭로하기 때문에"(7) 초소설이라는 이름을 붙일 수 있다고 말한다. 메타픽션은 소설로서의 자신의 위치에 주의를 기울이는 반면 초소설은 소설의 가능성에 대해 생각하는 소설이라는 것이 다르기는 하지만, 소설을 현실의 모방으로서가 아니라 구성된 것으로서의 현실을 드러내려 한다는 점에서 공통점을 가진다고 볼 수 있다.

5) 『제5도살장』

보네것의 『제5도살장』은 2차 대전 중 독일에서 실제로 있었던 미군의 드레스덴 폭격으로 인한 민간인 학살에 대한 이야기이다. 그런데 이 소설의 첫 장에서 작가가 직접 이 이야기를 쓰게 된 배경을 밝히고 마지막 장에서는 다시 작가가 등장하여 이야기를 마무리하고 있다. 작가의 이야기 속에 들어가 있는 구조를 하고 있는 이 소설의 형식은 소설의 형식에 대해 자의식적으로 반성하는 것에 의해 세계에 대한 '존재론적' 의문을 던지게 한다.

브라이언 맥헤일(Brian McHale)은 로만 야콥슨(Roman Jacobson)의 '지배소'(dominant)[8] 개념을 사용하여, 모더니즘 소설의 인식론적 지배소가 포스트모더니즘 소설에 와서는 존재론적 지배소로 바뀌었다고 지적한다. 맥헤일에 의하면 '인식론적'(espistemological) 지배소에 의해 특징지어지는 모더니즘 소설은, 자신이 속한 세계를 어떻게 해석할 수 있는지, 다시 말해서 우리가 무엇을 알 수 있고, 누가 아는지, 어떻게 아는지, 그 앎은 어느 정도의 확실성이 있는지, 지식은 한 사람에게서 다른 사람에게로 어떻게 전달되며 어느 정도 믿을 수 있는지, 지식의 대상은 전달되면서 어떻게 변하는지, 지식의 한계는 무엇인지 등을 탐색한다. 반면, '존재론적'(ontological) 지배소에 의해 특징지어지는 포스트모더니즘 소설은, 이 세계는 무엇이며, 그 세계에서 무엇을 할 수 있으며, 나의 어떤 자아들이 그것을 할 수 있는가, 다시 말해서 세계는 무엇이며, 어떤 세계가 존재하며, 그것들은 어떻게 구성되며, 서로 어떻게 다른가, 서로 다른 세계들이 마주칠 때, 다시 말해서 세계들이 서로 경계를 침범할 때

---

8 야콥슨이 말하는 지배소란 예술 작품 구조의 원리이다. 이 원리는 다른 요소들을 결합하는 중심적인 요소이다. 시 작품은 예술적 장치들이 위계적으로 결합된 구조이며 이 구조의 통합을 보장하는 것이 바로 지배소이다. 이런 의미에서 시의 진화라는 것은 이 위계질서의 변화라고 볼 수 있다. 야콥슨에 의하면, "지배소는 예술 작품의 중심이 되는 구성요소라고 정의할 수 있다. 그것은 다른 요소들을 지배하고, 결정하고, 변형시키는 것이다. 구조의 통합을 보증하는 것은 바로 지배소이다…… 시 작품은 구조화된 체계, 즉 규칙적인 질서에 의해 위계화된 예술적 장치들의 집합이다. 시의 진화란 이 위계질서의 변화이다……"(McHale, *Postmodernist Fiction* 6 재인용).
맥헤일은 하나의 텍스트에도 어떤 관점과 입장에서 접근하는가에 따라 여러 지배소들이 있을 수 있다고 하면서, 포스트모더니즘의 지배소가 어떤 것인지에 대해 설명한다. 포스트모더니즘의 특징을 설명하는 이질적인 요소들은 우리가 포스트모더니즘적인 현상들을 이해하는 데 도움을 주지만, 정작 중요한 것은 "왜 이 특정의 요소들이 *이* 특정한 방식으로 결합되어 있는가 하는 문제, 다시 말해서, 이 목록들 아래에는 어떤 *체계*가 놓여 있는가 하는 문제"(7)이다. 포스트모더니즘의 지배소를 이해하는 것이 포스트모더니즘을 이해하는 데 필수적이라는 것이다. 맥헤일은 모더니즘의 지배소가 '인식론적'인 것이라면 포스트모더니즘의 지배소는 '존재론적'인 것이라고 주장한다(9 - 10).

무슨 일이 일어나는가, 텍스트의 존재 양식은 무엇이며 그것이 투사하는 세계(혹은 세계들)의 존재 양식은 무엇인가, 투사된 세계는 어떤 구조인가에 대한 탐색이다(9 - 10). 보네것의 『제5도살장』에서도 우리는 이와 같은 존재론적 물음을 찾을 수 있다. 이 소설은 언어의 불확실성과 소설 매체에 대한 자의식적 반성을 보여주는 글쓰기를 통해 소설의 존재 양식과 그 소설이 재현하는 실재의 존재 양식과 구조에 대한 물음을 던지는 메타픽션이다.

보네것은 이차대전 중 자신이 포로로 잡혀 있던 독일의 드레스덴에서 있었던 일과 전쟁 막바지에 중립 지역으로 선포되어 있는 그곳에 미국 공군이 엄청난 폭격을 가해 수많은 사람들을 학살했던 일에 대해서 소설을 쓰려고 한다. 그러나 그는 소설을 쓸 만큼 충분한 기억을 가지고 있지 못하다. 그래서 자신과 함께 포로로 잡혀 있었던 버나드 오헤어(Benard V. O'Hare)를 찾아가지만 그도 역시 그 일들에 대해 거의 기억하지 못한다. 오히려 보네것이 전쟁에 대한 소설을 쓴다는 것을 아주 싫어하는 버나드 오헤어의 아내와의 신경전 끝에 '어린이들의 십자군 전쟁'이라는 이 소설의 부제만 얻게 될 뿐이다.

총 열 개의 장으로 되어 있는 이 소설의 첫 장에는 작가가 등장해서 작가 자신이 이 소설을 쓰는 것이 정말 어려운 일이라는 것을 계속해서 말한다. 그는 심지어 이 소설 속에서 이 소설이 재미없고 실패한 작품이라고 말하기까지 한다. 보네것은 소설의 시작 부분에서 이 소설에 대해 이렇게 이야기한다.

이 형편없는 작은 책을 쓰는 데 내가 얼마만큼의 돈과 노력과 시간을 들었는지에 대해서는 별로 말하고 싶지 않다. 이십삼 년 전 이차대전이 끝나고 집으로 돌아왔을 때 나는 드레스덴의 파괴에 대한 글을 쓰는 것이 쉬운 일이라고 생각했는데, 내가 본 것을 그대로 보고하기만 하면 된다고 생각했던 것이다. 그리고 나는 또 그것이 기념비적인 작품이 되거나 돈을 많이 벌게 해 줄 것이라고 생각했는데, 그 주제가 매우 큰 것이었기 때문이다.

그러나 막상 드레스덴에 대해서는 쓸 말이 별로 없었고, 어쨌든 책을 쓰기에 충분치가 못했다. 그리고 기억과 폴 몰 담배와 다 자란 아이들만 남은 바보 같은 늙은이가 된 지금도 많은 말들이 떠오르지 않는다.(Vonnegut, *Slaughterhouse - Five* 2)

보네것은 자신이 쓰는 소설의 과정을 보여줌으로써 그 소설을 탈신비화시킨다. 보네것은 독자들에게 이것이 소설임을 계속해서 상기시키고 있다. 이 소설은 소설에 대한 소설, 소설을 쓰는 행위에 대한 소설이다. 매체에 대한 이러한 자의식적 반성은 그 매체를 통해 재현되는 세계가 구성되는 과정에 대한 반성적 물음을 제기하는 것이다. 매체에 대한 자의식적 반성과 언어의 재현 가능성에 대한 불신을 통해 메타픽션은 소설에서 말하는 과정을 드러내게 된다. 이것은 곧 독자들에게 통합되고 초월적인 주체의 위치를 제시함으로써 사회의 질서에 편입시키고자 하는, 신비화된 소설이 가지고 있던 이데올로기적 기능에 대한 저항이다. 이 저항은 제시되고 주어지는 주체가 아니라 작가와 독자가 소설에서 스스로 구성하는 주체, 즉 말하는 주체를 찾는 데서 시작된다.

메타픽션이 제기하는 세계에 대한 이러한 존재론적 물음은 사실주의와 모더니즘 텍스트들에서 권위의 토대가 되었던 요소들에 대한 불신에서 나오는 것이다. 제임스 멜러드(James M. Mellard)는 이것을 소설에 있어서의 권위의 원천과 관련하여 설명한다. 멜러드는

『폭발된 형식』(*The Exploded Form*)에서 모더니즘 소설가들은 모방할 외부의 객관 세계를 상실한 결과 심리학과 신화와 같은 내부적 객관 세계에 눈을 돌리게 되었다고 설명하면서, 소설에 있어서의 이러한 방향 전환이 세 단계의 모더니즘을 통해서 이어져 오고 있다고 지적한다. 멜러드는 포스트모더니즘 소설들을 세 단계 중 마지막 모더니즘의 단계로 보고 있다. 모더니즘시대에 와서 소설이 그 권위를 외부 세계에서 내부세계로 찾기 시작한 데 대해 멜러드는 다음과 같이 설명한다.

> 만약 인간 행동의 객관적인 사회라는 세계가 모방할 의미가 없는 것처럼 보인다면, 소설가들은 그 권위가 개인 외부의 집단 무의식인 '전통'이나 언어 자체에 있는 신화적이거나 원형적인, 아니면 언어적 세계로 눈을 돌릴 것이다. 그렇지 않으면 신화, 원형, 언어가 전복되는 사건 속에서 소설가는 [……] 글쓰기 행위 자체의 주제와 권위나 정당성으로 눈을 돌릴 것이다.(138)

멜러드는 계속해서 세 단계에 걸친 모더니즘 소설에서 이러한 방향전환이 전개된 과정을 소개한다. 먼저 순수한 모더니즘 소설가들은 단지 형식만이 아니라 내용과 정당화에 있어서도 의식을 중심적 주제로 설정했다. 그 다음 단계인 비판적 모더니즘 소설에서는 신화, 역사, 언어, 의식 등이 권위의 토대로서 주요 관심사가 되었다. 마지막 단계인 세련된 모더니즘 소설가들에 이르러서는 이러한 권위의 토대들은 객관성을 상실하고, 그렇게 해서 정당화하는 힘까지도 상실하게 된다.

여기서 멜러드가 구분하는 마지막 단계인 세련된 모더니즘이 우리가 논의하는 포스트모더니즘이라고 볼 수 있을 것이다. 다시 말해서, 외부 세계를 재현하던 사실주의 전통을 버리고 작품의 권위를 내부 세계에서 찾기 시작한 모더니즘 텍스트들은 마지막 단계인 포스트모더니즘에 와서는 그 내부적 권위마저 부정되게 된 것이다. 멜러드에 의하면 마지막 모더니즘 단계(우리가 포스트모더니즘으로 논의하고 있는)의 소설들은 모더니즘 텍스트들의 권위의 토대인 신화와 역사를 침식하기 시작한다. 이 단계의 소설가들은, "물리적이든 역사적이든 '저 바깥에' 있는 세계를 믿을 수 없을 뿐 아니라 [……] '이 안의' 세계에 놓여 있는 모더니즘적 권위들의 대부분, 즉 인간의 지적이거나 상상적인 세계도 더 이상 믿지 못한다"(140). 포스트모더니즘 소설의 특징은 사실주의 소설이 추구했던 외부 세계와 모더니즘 소설이 추구했던 내부 세계에 대한 신뢰를 모두 상실한 것이다. 우리가 살아가는 내적, 외적 세계를 떠받치는 가치들의 확실성은 모두 의심된다. 이와 같은 회의는 그러나 무조건적인 것이 아니라 보편적이고 전체적인 의미에 대한 회의, 의미보다는 '의미들'을 추구하는 긍정적 회의라고 할 수 있을 것이다.

우리가 살아가는 세계에서의 의미의 가능성에 대한 불신을 보여주는 한 예로 우리는 메타픽션의 단편성 혹은 파편성을 들 수 있다. 예를 들어, 바슬미의 『백설공주』는 전체가 3부로 나누어져 있지만 각 부분을 연결하는 논리적 관계는 없다. 그리고 각 부분도 아주 짧은 단편들로 나누어져 있을 뿐, 시간적, 인과적 플롯도 없다. 짧은 단편들의 나열은 메타픽션의 주요 특징 중 하나인 소설이라는 매체에 대한 자의식적 반성을 보여주는 것이다. 다시 말해서, 메타픽션의 이러한 단편성 혹은 파편성은 거대서사의 원리에 의해 통합된 모더니즘 소설이 제시하는 안정된 의미에 대한 포스트모더니즘의 거부 내지는 반발이라는 측면에서도 이해할 수 있는 것이다.

메타픽션에서 의미는 확정적이고 공적인 진리가 아니라 언제나 가변적인 것이다. 테오 다엔(Theo D'haen)은 "이러한 [포스트모더니스트] 예술가들과 작가들에게 사물들, 단편들은 오직 *사물성* 혹은 파편성으로만 머물러 있다. 그것들은 포스트모더니스트가 더 이상 믿지 않는 거대서사가 만들어 낸 허구인 더 큰 전체들의 일부가 아니다."(220)라고 지적한다. 따라서 메타픽션을 구성하는 재료들은 의미를 확정하는 통합된 전체의 일부가 아니라 개인들에 의해 구성되도록 파편적으로만 머물러 있는 것이다. 이런 상황에서 의미는 공적인 영역이 아니라 탈중심화되고 고립된 개인들의 사적인 문제가 된다. 언어의 질서에 진입한 인간이 자신의 본래 모습을 상실하게 되는 것처럼, 공적이고 보편적인 의미와 가치를 받아들이고 살아가는 우리는 본래의 '나'에서 그만큼 멀어지게 된다. 아무런 의심의 여지가 없는 것으로 인식되던 근대 부르주아 휴머니즘의 가치들의 권위에 대한 불신을 드러내는 메타픽션은 본래의 자아를 추구할 수 있는 가능성을 열어주는 텍스트의 하나라고 할 수 있을 것이다.

≪ 인용문헌

Althusser, Louis. "Ideology and Ideological State Apparatuses." *Lenin and Philosophy, and Other Essays*. Trans. Ben Brewster. New York: Monthly Review, 1972. 83 − 126.

Barth, John. "The Literature of Exhaustion." *The Friday Book: Essays and Other Nonfictions*. New York: Putman, 1984. 62 − 76.

_____, "The Literature of Replenishment." *Postmodernism: An International Anthology*. Ed. Wook Dong Kim. Seoul: Hanshin, 1991. 43 − 57.

Belsey, Catherine. *Critical Practice*. 2nd ed. London: Routledge, 2002.

Benstock, Shari. *The Private Self: Theory and Practice of Women's Autobiographical Writings*. Chapel Hill: U of North Carolina P, 1988.

_____, "Authorizing the Autobiographical." *Feminisms: an Anthology of Literary Theory and Criticism*. Ed. Robyn R. Warhol and Diane Price Herndl. New Brunswick: Rutgers UP, 1996. 1040 − 57.

Calinescu, Matei. *Five Faces of Modernity*. Durham: Duke UP, 1987.

Chung, Hyung − Chul. *The Poetics of Identity: New Perspectives on the Problem of Self*. Pusan: PUFS UP, 2005.

Cutter, Martha J. *Unruly Tongue: Identity and Voice in American Women's Writing, 1850 − 1930*. Jackson, MS: UP of Mississippi, 1999.

D'haen, Theo. "Postmodernism in American Fiction and Art." *Approaching Postmodernism: Papers Presented at a Workshop on Postmodernism, 21 − 23 September 1984, University of Utrecht*. Ed. Douwe Fokkema and Hans Bertens. Amsterdam/Philadelphia: John Benjamis, 1986. 211 − 31.

Federman, Raymond. "Surfiction − Four Propositions in Form of an Introduction." *Surfiction: Fiction Now and Tomorrow*. Ed. Raymond Federman. Chicago: Swallow, 1975. 5 − 15.

Fetterley, Judith. "Reading about Reading: 'A Jury of Her Peers', 'The

Murders in the Rue Morgue' and 'The Yellow Wallpaper'" *Gender in Reading: Essays on Readers, Texts, and Contexts.* Ed. Elizabeth A. Flynn and Patrocinio P. Schweikart. Baltimore: Johns Hopkins UP, 1986. 147 – 64.

Foster, Hal. "(Post)modern Polemics." *New German Critique.* 33(1984): 67 – 78.

Gaggi, Silvio. *Modern/Postmodern: A Study in Twentieth – century Arts and Ideas.* Philadelphia: U of Pennsylvania P, 1989.

Gass, William. *Fiction and the Figures of Life.* New York: Knopf, 1970.

Gilbert, Sandra and Susan Gubar. *The Madwoman in the Attic: The Woman Writer and the Nineteenth – century Literary Imagination.* New Haven: Yale UP, 1984.

Gilman, Charlotte Perkins. *The Yellow Wallpaper.* New York: The Feminist Press, 1973.

_____, "Why I Wrote 'The Yellow Wallpaper?'" *The Captive Imagination: A Casebook on The Yellow Wallpaper.* Ed. Catherine Golden. New York: Feminist Press, 1992. 51 – 53.

Golden, Catherine. *Charlotte Perkins Gilman's The Yellow Wallpaper: A Sourcebook and Critical Edition.* New York: Routledge, 2004.

_____, "The Writing of 'The Yellow Wallpaper': A Double Palimpsest" *The Captive Imagination: A Casebook on The Yellow Wallpaper.* Ed. Catherine Golden. New York: Feminist Press, 1992. 296 – 306.

Graff, Gerald. *Literature Against Itself: Literary Ideas in Modern Society.* Chicago: U of Chicago P, 1979.

Haney – Peritz, Janice. "Monumental Feminism and Literature's Ancestral House: Another Look at 'The Yellow Wallpaper'" *Women's Studies.* 12. 2(1986): 113 – 28.

Hedges, Elaine R. "Afterword." *The Yellow Wallpaper.* New York: Feminist Press, 1973.

_____, "'Out at Last?' 'The Yellow Wallpaper' after Two Decades of Feminist Criticism." *The Captive Imagination: A Casebook on The*

Yellow Wallpaper. Ed. Catherine Golden. New York: Feminist Press, 1992. 319 – 33.

Herndl, Diane Price. *Invalid Women: Figuring Feminine Illness in American Fiction and Culture, 1840 – 1940*. Chapel Hill: U of North Carolina P, 1993.

Hite, Molly. "Postmodern Fiction." *Columbia History of the American Novel*. Emory Elliott, Cathy N. Davidson, et al. New York: Columbia UP, 1991. 697 – 725.

Huyssen, Andreas. "Mapping Postmodern." *New German Critique* 33(1984): 5 – 52.

Jacobus, Mary. *Reading Woman: Essays in Feminist Criticism*. New York: Columbia UP, 1986.

Jameson, Fredrick. *Postmodernism or the Cultural Logic of Late Capitalism*. Durham: Duke UP, 1991.

King, Jeannette and Pam Morris. "On Not Reading Between the Lines: Models of Reading in 'The Yellow Wallpaper'" *Studies in Short Fiction*. 26. 1(1989): 23 – 32.

Kolodny, Annette. "A Map for Rereading: Gender and the Interpretation of Literary Texts." *The New Feminist Criticism: Essays on Women, Literature and Theory*. Ed. Elaine Showalter. New York: Pantheon, 1985. 46 – 62.

Kristiva, Julia. *Revolution in Poetic Language*. New York: Columbia UP, 1984.

Lyotard, Jean Francois. *The Postmodern Condition: A Report on Knowledge*. Trans. Geoff Bennington and Brian Massumi. Minneapolis: UP of Minnesota, 1984.

McHale, Brian. *Postmodernist Fiction*. New York: Methuen, 1987.

Mellard, James M. *The Exploded Form: The Modernist Novel in America*. Urbana: U of Illinois P, 1980.

Munich, Adrienne. "Notorious Signs, Feminist Criticism and Literary Tradition." *Making a Difference: Feminist Literary Criticism*. Ed.

Gayle Greene and Coppelia Kahn. London: Routledge, 1991.

Shklovsky, Viktor. "Art as Technique." *Contemporary Literary Criticism: Literary and Cultural Studies*. 2nd ed. Robert Con Davis and Ronald Schleifer. New York: Longman, 1989. 54 – 66.

Treichler, Paula A. "Esacping the Sentence: Diagnosis and Discourse in 'The Yellow Wallpaper'" *The Captive Imagination: A Casebook on The Yellow Wallpaper*. Ed. Catherine Golden. New York: Feminist Press, 1992. 191 – 210.

Vonnegut, Jr., Kurt. *Slaughterhouse – Five or The Children's Crusade: A Duty Dance with Death*. New York: Deli Publishing, 1969.

Warhol, Robyn R. and Diane Price Herndl. *Feminisms: An Anthology of Literary Theory and Criticism*. New Brunswick: Rutgers UP, 1996.

Waugh, Patricia. *Metafiction: The Theory and Practice of Self – Conscious Fiction*. New York: Methuen, 1984.

Zavarzadeh, Mas'ud and Donld E. Morton. *Theory as Resistence: Politics and Culture after(Post) structuralsim*. New York: Guilford, 1994.

09 · 문학의 탈신비화와 저항적 자아

1) 서론

서양의 근대 유럽 백인 남성 중심 담론은 문학과 관련된 사회 – 역사적 조건들을 무시한 채 저자의 현존만을 내세움으로써 문학을 신비화(mystification)시켜 왔다. 문학에 관련된 과정들과 실천들을 은폐하고 스스로를 자연적이고 주어진 것으로 제시하는 신비화된 문학텍스트들은 독자를 '주체'(subject)로 구성함으로써 근대 지배담론의 질서에 통합시킨다. 그러나 현대의 많은 문학이론들이 주장하듯이 문학은 사회의 여러 담론들로부터 초월해서 존재하지 않는다. 테리 이글턴(Terry Eagleton)은 『문학이론입문』(*Literary Theory: An Introduction*)에서 "문학은 [······] 이데올로기이다. 그것은 사회적 권력의 문제들에 가장 밀접한 관계를 맺고 있다."(19 – 20)고 쓰고 있다. 문학은 그것의 생산과 관련하여 특수하고 역사적인 의미화 과정(the signifying process), 담론(discourse), 실천, 그리고 선택과 배제의 과정을 거치게 되고, 이러한 요소들과 과정들, 즉 '사회적 권력의 문제들'은 곧 문학텍스트의 내용과 관련되어 있다.

문학텍스트를 그와 관련된 여러 과정들과 실천들로부터 분리하는 것은 문학을 통해 기존의 지배질서를 영속화하려는 이데올로기적 의도에서 비롯되는 것이다. 문학이 가지는 이러한 기능은 문학텍스트에서 초월적인 것으로 제시되는 근대적 주체에 의해 가능해진다. 캐서린 벨지(Catherine Belsey)는 『비평적 실천』(*Critical Practice*)에서, 시장자본주의 시기에 쓰인 고전적 사실주의 텍스트(classic realist text)들은 독자에게 명백하고 통합된 주체를 제시함으로써 독자를 기존의 사회질서에 편입시켜 자본주의 경제체제를 유지하고 강화하는 이데올로기적 역할을 수행한다고 지적한다(63 – 64). 독자를 자율적인 앎의 주체로 구성하는 문학텍스트는 자신들에게 주어진 주체의 위치를 스스로 받아들이게 함으로써 개인을 사회의 질서를 유지하기 위한 실천의 총체인 이데올로기 속으로 편입시키는 역할을 한다는 것이다. 루이 알튀세르(Louis Althusser)에 의하면 이데올로기는 "개인들이 자신들의 실제 존재 조건에 대해 맺고 있는 관계의 상상적인 '재현'"(109)이다. 개인은 자신이 속해 있는 사회에 의해 언제나 이미 주어져 있는 위치를 자신의 명백한 위치로 받아들이게 되는 것이다. 자본주의 사회의 이데올로기는 이러한 '호명'(interpellation)을 통해 개인에게 사회적으로 구성된 오인된 정체성을 강요함으로써 체제를 유지하고 자본주의 생산양식의 재생산을 보장받는다.

서양의 근대적 세계관을 형성하는 기본적인 요소인 주체는 이성에 기초한 안정적이고 통합된 존재로 인식되었다. 과학, 합리성 등을 통한 인류의 진보를 내세웠던 모더니티 프로젝트(modernity project)

에 있어서 이성에 기초한 인간은 차별화의 체계에 선행하며 의미와 지식의 원천이 되는 '초월적 주체'(the transcendental subject)였던 것이다. 이러한 주체관은 자유로운 존재 내지 행위자로서의 인간관과 관련되어 있다. 카자 실버만(Kaja Silverman)은 『기호학의 주체』(*The Subject of Semiotics*)에서 '인간'(man)이라는 말은 "역사적 혹은 문화적 환경에 영향을 받지 않는 인간 본성이라는 뜻을 담고 있다. [……] 인간의 사고과정은 물질세계나 다른 사람들의 생각에 의해 강제되지 않으며, 그[인간]는 자유로운 지적 행위자로 인식된다."(126)고 지적한다. 다시 말해서, 주체는 담론과 의미화 과정을 초월하여 그 원천이 되며 또한 그것들을 통제하는 자유로운 행위자(free agent)로 생각되었던 것이다.

그러나 최근의 여러 반(反)휴머니즘(anti-humanism) 이론들은 주체란 역사적 구성물일 뿐이며 담론과 역사적 과정을 통해서 사회적 권력이 내재화되는 장(場)임을 보여주고 있다. 특히 미셸 푸코(Michel Foucault)는 자연적이고 명백한 것처럼 보이는 사회적 제도, 지식, 담론은 물론 근대적 주체도 사실은 시대의 특수성에 따른 역사적 구성물임을 보여주었다. 푸코는 주체에 관한 논의에서 "역사적 틀 내에서의 주체의 구성"(*Power* 117)에 주목해야 한다고 주장한다. "인간은 바닷가의 모래 위에 그려진 얼굴처럼 사라질 것"(Foucault, Order 387)이라는 푸코의 말은 주체를 역사적 구성물로 파악하게 되면 지식, 담론, 권력 등에서 자유로운 행위자로서의 인간이라는 관념은 더 이상 가능하지 않다는 맥락에서 이해할 수 있다. 근대적 주체가 구성되는 과정을 강조하는 이러한 탈신비화(demystification)는 포스트구조주의(poststructuralism)에서 주장하는 언어적 결정물로서의 주체관과 관련시켜 이해해 볼 수 있다.

　포스트구조주의에서는 주체를 언어의 기능 혹은 효과로 본다. 이와 같은 관점은 언어에 있어서 '기표의 선행성'(the precedence of the signifier)과 관련되는 것이다. 기표의 선행성이란 기표가 기의에 선행하며 따라서 기의는 기표의 연쇄를 따라 끝없이 이동할 뿐이며 기표와 기의는 통합되지 못한다는 것을 가리키는 말이다. 기표와 기의는 결합과 분리를 계속해서 반복할 뿐이며, 의미는 이 연쇄 속에서 일시적이고 잠정적으로, 그리고 우연히 나타난다. 세계 또한 이 기표의 질서를 통해 이해되며, 주체 또한 기표의 연쇄에 의한 결과물로 나타나게 된다. 벨지가 "관념은 기표의 원인이 아니라 그 결과로서 나타난다."(*Critical* 116)고 지적하며, 또한 아니카 르메르(Anika Lemaire)가 "인간은 기표의 원인이 아니라 그 결과"(68)라고 지적하듯이, 포스트구조주의에서는 세계를 자연적이고 주어진 것이 아니라 우리가 실재에 접근하기 위해서는 반드시 통과해야 하는 언어적 질서에 의한 구성물로 보며, 주체 또한 이 질서 속의 하나의 요소 혹은 그 결과가 된다.

　사회적 권력 관계와 담론에 대한 시험을 차단해버리는 서양의 근대 백인 남성 중심 담론이 만들어 낸 근대적 주체는 억압적인 특징을 가진다. 서양의 근대 담론은 중심과 주변의 이분법을 설정하고 중심을 보편화하고 총체화함으로써 주변과 타자의 목소리를 억압하며, 근대적 주체는 중심에 속하지 못하는 요소들과 힘들을 타자화시키고 배제하는 것에 의해 자신의 정체성을 유지한다. 주체가 구성되는 과정에서 선택되고 배제된 것들을 드러내는 것은 이러한 과정들에 관련된 담론과 실천들의 특질을 밝혀내는 것이 되고, 이것은 근대적 주체와 그 주체를 신비화하는 서양의 근대적 세계관이 가진 모순을 들여다보는 것이 된다. 또한 이것은 중심에 의해 가려지고 차단된 주변과 타자로서의 본래적 자아를 회복할 수 있는 가능성을 모색하는 작업이 될 것이다.

이 연구에서는 근대 지배담론이 제시하는 주체에 대한 반성적 고찰에 이어, 탈신비화된 문학텍스트를 통해서 근대적 주체에 의해 억압된 주변화되고 타자화된 자아의 회복을 모색할 수 있는 가능성에 대해 살펴보고자 한다. 이를 위해 제2장에서는 먼저 근대적 주체가 구성되는 방식과 그 주체가 사람들에게 제시되고 수용되는 방식을 개관해 볼 것이다. 그런 다음, 메타픽션을 통해 문학텍스트들 속에서 주체의 해체 혹은 '주체의 소멸'(the disappearance of the subject)에 대해 살펴볼 것이다. 그런 다음 제3장에서는 '자서전적 글쓰기'(autobiographical writing)를 통해서 근대 담론과 주체에 대항하는 저항적 자아를 구성할 수 있는 가능성에 대해 논의해 보고자 한다.

2) 메타픽션

(1) 언어와 세계

언어가 우리에게 언어 외부의 실재를 그대로 전달하는 투명한 매개라는 관습적 언어관을 거부하는 포스트구조주의는 언어를 의미화 과정으로 보고 세계 또한 언어의 질서에 의한 결과라고 봄으로써 세계가 구성되는 과정을 전경화시킨다. 이것은 투명한 언어에 의해 우리에게 명백한 것으로 제시되는 세계에 대한 반성으로 이어진다. 관습적 언어관에 기초한 서양의 근대 담론들은 우리가 살아가는 세계가 구성되는 사회 - 역사적 과정을 은폐하고 우리를 그 속에서의 명백한 주체로 구성함으로써 자체의 질서를 유지하고 강화시킨다. 리처드 로티(Richard Rorty)는 「해체」("Deconstruction")에서, "언어가 어떻게든 '인간을 능가한다.'는 사실을 깨닫는 것은 새로운 사회 - 정치적 가능성들을 열어줄 것이다."(193)라고 지적한다. 대체로 서양의 근대에서 전통적인 언어관은 로티의 말과는 반대로 인간이 언어를 능가한다는 것이었다고 할 수 있다. 인간에게 세계뿐 아니라 의미와 진리에 접근할 수 있게 해 주는 투명한 매개로서의 언어관은 인간으로 하여금 이 언어를 벗어나 존재하며 언어의 과정에 오염되지 않은 실체를 상정할 수 있게 해 주었고, 이것은 이성과 합리성을 가진 초월적 주체에 기초한 휴머니즘적 전통의 토대가 되었다. 근대 부르주아 계층의 가치관인 이른바 자유주의 휴머니즘(liberal humanism)은 개인을 통합되고 안정된 주체로 제시하면서 그에 의해 부르주아적 질서체제를 안정시키고 유지하는 바탕이 되었다. 언어와 담론에 영향받지 않는 통합된 주체는 사회 - 역사적 과정을 벗어나서 초월적으로 존재하는 진리와 본질에 의해 유지되는 세계에서 불가결한 요소였던 것이다.

그러나 언어를 차별화의 체계로 파악하는 것은 우리가 살아가는 세계를 초월적 진리와 초월적 주체에 의해 질서 지어지는 것이 아니라 언어와 담론적 과정에 의해 구성되는 것으로 파악하는 세계관으로 이어진다. 로티가 말하는 인간을 능가하는 언어에 의한 '새로운 사회 정치적 가능성'이란 근대의 보편화하고 총체화하는 억압적 질서체제를 넘어설 수 있는 가능성을 뜻한다. 언제나 인간에 앞서 있고, 세계 속에서 인간의 존재 조건이 되며, 의미의 종결이 끝없이 지연되는, 인간을 능가하는 언어의 질서를 통해 세계를 이해하는 것이 근대가 억압하고 은폐하는 주변과 타자를 회복시킬 수 있는 단초가 되는 것이다. 고정된 세계와 진리를 전달하는 언어관에 의지하여 체제의 질서와 안정을 유지해 온 근대적 세계는 끊임없이 다양한 의미들을 만들어 내는 언어에 의해 그 정당성이 의문시된다.

(2) 언어와 주체

의미의 불확실성과 과정으로서의 언어라는 관념은 세계를 투명하게 전달하는 언어를 통해서 앎을 소유한다고 가정되는 안정적인 근대적 주체에 대한 비판을 담고 있다. 서양의 근대적 주체는 투명한 언어를 통해 세계를 정확하게 파악할 수 있으며 따라서 진리를 소유할 수 있고 그 앎을 자유롭게 실천하는 것으로 가정된다. 그러나 언어가 전달한다고 생각되는 진리, 의미 혹은 '초월적 기의'(the transcendental signified)가 부정되고 나면 근대적 주체관도 더 이상 지탱될 수 없게 된다. 세계와 마찬가지로 주체 또한 역사적으로 특수한 조건들에 의한 구성물인 것이다.

세계를 언어의 과정을 초월해서 존재하는 것으로 상정함으로써 세계가 구성되는 과정을 은폐하는 관습적 언어관은 언어에 의해 분열된 자아의 모순 또한 은폐한다. 에밀 방브니스트(Emile Benveniste)에 의하면 인간은 언어 속에서 '나'로 설정됨으로써 주체로 구성된다

(224 – 25). 그러나 언어 속에서 주체로 구성된 나는 필연적으로 말하는 나인 '언표행위의 주체'(the subject of the enunciation)와 말해진 것 속의 나인 '언표의 주체'(the subject of the enounced)로 분열되고, 언표의 주체 속에는 언표행위의 주체가 완전히 표현되지 않는다. 이것은 본래의 나를 언어의 질서 속에서 표현할 때 오는 자아의 분열이다. 앤토니 이스트호프(Antony Easthope)가 "나는 언표행위의 주체로서 담론의 과정 속에 있는 나와는 *다른 어떤 곳*에서 이야기함으로써 나 자신을 확인할 수 있기 때문에 이것은 오인된 정체성이다."(137)라고 지적하듯이, 나는 담론 속에서 원래의 나와는 다른 모습으로 표현된다.

인간이 담론 속의 주체로 위치하게 되는 것은 사적인 나의 전부 혹은 일부를 포기하고 공적인 나의 모습을 받아들이는 것이다. 인간에게 의미 행위를 가능하게 해 주는 언어, 담론, 세계라는 공적인 영역에 포함되는 한 본래의 나는 포기될 수밖에 없다. 그러므로 나는 담론의 공간 속에서 나와는 다른 모습으로 표현되는 오인된 정체성을 가질 수밖에 없는 것이다. 인간이 사회성을 가지기 위해 반드시 편입되어야 하는 언어의 질서는 본래의 나를 완전히 표현하지 못하게 한다.

벨지에 의하면 고전적 사실주의 텍스트들은 이 분열된 자아의 모순을 은폐함으로써 세계를 통합되고 안정된 것으로 독자에게 제시한다(*Critical* 78). 고전적 사실주의 텍스트들은 담론 속에서 통합된 언표의 주체의 위치만을 제공함으로써 독자들로 하여금 이데올로기 속에서 통합되고 자명한 주체로서의 자신의 위치를 확신하게 해 준다는 것이다. 그러나 고전적 사실주의 텍스트들이 제시하는 담론 속에서의 주체는 언제나 "언어 속에서 특징지어지는 한에서만 의식할 수 있는 의식적 자아와 그 언어 속에서 단지 부분적으로만 재현되는 자아 사이의 모순"(*Critical* 78) 속에 있게 된다. 고전적 사실주의 텍스트가 이러한 모순적이고 분열된 자아를 통합된 주체로 제시하는 것은 사람들을 자본주의 질서체제에 통합시켜 재생산을 보장하고 기존의 사회질서와 체제를 유지하고 강화하는 이데올로기적 역할을 수행하기 위한 것이다.

(3) 역사의 허구화와 주체의 소멸: 『제5도살장』

세계와 주체를 언어의 결과로 보는 관점은 포스트모던 소설로 분류되는 메타픽션에서도 찾아볼 수 있는 특징이다. 특히, 커트 보네것(Kurt Vonnegut)의 『제5도살장』(*Slaughterhouse－Five*)은 역사와 허구를 뒤섞어 놓음으로써 역사를 허구화시키며 이로 인해 우리가 살아가는 세계도 명백하게 주어지는 것이 아니라 선택과 배제의 담론적 과정에 의해 구성된 것임을 보여준다. 또한, 이러한 세계 속에서의 주체도 언어에 의한 구성물이라는 사실을 드러낸다. 따라서 이 소설은 근대적 가치관과 자유주의 휴머니즘을 지지하는 고전적 사실주의 문학에서 제시하는 고정되고 명백한 세계와 초월적이고 통합된 주체를 거부한다.

패트리샤 워(Patricia Waugh)는 『메타픽션』(*Metafiction*)에서 "메타픽션은 허구와 현실의 관계에 의문을 제기하기 위해 자의식적이고 체계적으로 인공물로서의 자기의 상태에 주의를 기울이는 허구적 글쓰기에 붙여진 이름이다."(2)라고 말한다. 그러므로 메타픽션은 그것이 재현하는 세계가 아닌 재현 자체에 관심을 집중함으로써, 소설과 세계는 더 이상 명확하게 구분되지 않으며 오히려 소설에 의한 재현의 과정이 세계를 구성하게 된다는 것을 보여주는 소설이다. 보네것은 『제5도살장』에서 이 효과를 달성하기 위해 역사를 허구화시킨다. 시간에서 해방된 빌리 필그림(Billy Pilgrim)은 2차 대전 당시의 유럽, 전후 미국, 그리고 지구와 멀리 떨어진 행성 '트랄파마도어'(Tralfamadore)를 자유로이 오가면서 2차 대전 중 일어났던 일과 다른 시간대에 일어나는 일들을 뒤섞어 놓는다. 시간적, 논리적 인과관계를 완전히 무시하는 이러한 글쓰기는 모든 요소와 담론들을 종결로 향하게 하는 선형적 구조를 가진 사실주의 서사전략을 고의적으로 파괴한다. 이 소설이 가지는 순환적 서사구조는 고정불변의 것으로 받아들여지는 세계를 텍스트의 과정 속에서 반성하고자 하는 메타픽션의 전략이다.

역사를 허구화시키고 세계를 텍스트화시키기 위해 이 소설에서 사용된 서사방식은, 문학텍스트가 세계와 그에 대해 저자가 경험한 진리를 그대로 전달할 수 있다는 가정에 기초한 사실주의 전통에 대한 회의에서 비롯되는 것이다. 이 소설은 계속해서 사실주의 서사의 선형구조를 파괴한다. 다음은 필그림이 트랄파마도어에서 온 비행접시에 납치되기 직전에 텔레비전에서 방영하는 영화에서 2차 대전 중 미군의 독일 폭격 장면을 시간을 왜곡시켜 거꾸로 보는 장면이다.

구멍과 부상당한 군인들과 시체들로 가득한 미군 비행기가 영국의 한 비행장에서 거꾸로 이륙했다. 프랑스 상공에서 독일 전투기들이 그들을 향해 거꾸로 다가와서 몇 대의 미군 비행기와 승무원들로부터 총알과 폭탄 파편들을 빨아들였다. 그들은 착륙해 있는 미군 폭격기들로부터도 똑같은 일을 했고, 그 비행기들은 거꾸로 날아올라 편대에 합류했다.

편대는 불길이 치솟는 독일 도시 위를 거꾸로 날았다. 폭격기들은 폭탄 투하실의 문을 열고 기적 같은 자력을 발휘해서 불을 꺼버리고는 원통형의 강철통에 옮겨 담아 그 통들을 비행기의 아랫부분으로 들어올렸다. 통들은 선반에 가지런히 정렬되었다. 땅 위의 독일군들도 그들만의 기적적인 장치를 가지고 있었는데, 그것은 긴 강철 튜브로 되어 있었다. 그들은 그것들을 가지고 더 많은 승무원들과 비행기들로부터 더 많은 파편들을 빨아들였다. 그러나 그렇기는 해도 여전히 부상당한 미군들이 있었고, 폭격기 몇 대는 심하게 부서져 있었다. 하지만 프랑스 상공에서는 독일 전투기들이 다시 나타나서 모든 것과 모든 사람을 새 것처럼 만들어 놓았다.

폭격기들이 기지로 돌아왔을 때 강철 원통들은 선반에서 옮겨져서 배에 실려 밤낮으로 공장이 돌아가는 미합중국으로 보내져서 해체되고 위험한 내용물들은 광물들로 분리되었다.(63–64)

필그림이 곧 납치될 트랄파마도어의 시간관을 어느 정도 예견해 주는 이상하면서도 우스꽝스러운 이 묘사는, 독자들에게 거꾸로 읽으면서 스스로 장면들을 재구성할 것을 강요한다. 투명한 기표들의 자연스러운 흐름을 통해 명확한 의미를 전달함으로써 독자를 텍스트의 수동적인 소비자로 만들고 이를 통해 부르주아적 가치관에 기초한 세계의 질서를 유지하고 강화하는 사실주의 서사들과는 달리 이 부분은 독자들에게 기표들 자체에 주의를 기울이게 하는 것이다. 기의와 안정적으로 결합된 기표는 그 움직임의 과정에 관심을 기울이지 않게 만들고, 따라서 텍스트에서 기의를 부각시키게 된다. 이런 식으로 부각된 초월적 기의, 진리, 중심적 담론은 그것을 구성하는 텍스트의 과정을 은폐하게 되고, 이러한 투명한 텍스트에 의해 전달되는 세계는 다른 세계들을 부정하는 권위적 세계이다. 그러나 보네것의 이 장면은 기표의 움직임 자체를 보여줌으로써 텍스트에서 언어를 초월하는 의미 또는 진리는 존재할 수 없다는 것을 보여주고자 한다. 사실주의의 선형 구조의 파괴를 통해 드러나는 것은 의미보다는 그 의미가 구성되어 나오는 과정들이며, 사실주의 서사에 의해 유일하고 명확하며 고정불변의 것으로 제시되는 역사를 텍스트를 통해 허구화시키는 이 과정들은 달리 표현하면 우리가 살아가는 세계를 이루는 재현의 과정들인 것이다.

재현의 틀에 의해 구성된 세계에서 주체는 이 재현의 과정에 의한 효과 혹은 기능에 불과하다고 보는 것이 포스트구조주의를 비롯한 반휴머니즘 이론들의 기본적인 인간관이다. 포스트모던 소설로 분류되는 메타픽션에서도 우리는 이러한 '주체의 소멸' 현상을 찾아볼 수 있다. 주체의 소멸이란 "구체적인 개인이 구조 혹은 체계 속에서 다른 것과 쉽게 대체될 수 있는 일종의 기능으로 환원되는 현상"(정형철 45)을 말하는데, 이것은 언어 과정을 초월하는 실체는 없다고 보는 데서 생겨나는 인간관이다. 『제5도살장』에서 보네것은 "이 이야기 속에는 인물이 거의 없으며, 극적인 갈등 같은 것도 없다. 그 속에 있는 사람들 대부분은 많이 아프고 거대한 힘들의 이름 없는 노리개들일 뿐이기 때문이다."(140)고 밝힌다. 이처럼 인물들이 자유로운 주체들이 아니라 구조 속에서의 기능으로, "'자아들'이 아니라 '역할들'"('roles' rather than 'sleves')(Waugh 3)로 환원되는 현상은 메타픽션을 비롯한 포스트모던 소설들의 특징이다.

필그림이 납치되어 간 트랄파마도어는 미군의 드레스덴 폭격이라는 역사적 사실의 세계에 계속해서 개입하면서 우리의 관습적 세계를 뒤흔들어 놓는다. 특히, 트랄파마도어의 4차원 세계에서 모든 것은 한순간에 모두 존재하는 시간의 구조 속에 그냥 있을 뿐이다. 여기에 지구인들이 믿는 '자유의지'(free will)는 없다(Vonnegut 74). 인간 주체를 차별화의 체계를 벗어나는 초월적 존재로 만들어 주는 자유의지 혹은 이성에 기초한 자유로운 행위자로서의 인간은 구조 속에서 하나의 요소 혹은 기능일 뿐이다. 필그림이 시간 왜곡을 통해 오가는 다층적 세계들은 계속해서 그의 정체성을 해체하고, 각 세계들은 자체의 틀 속에서 그를 '역할들'로 환원시킨다. 주체는 언어, 담론, 차별화의 체계 내의 하나의 요소일 뿐이다.

그러나 비록 인간이 사회의 언어, 담론, 사회적 권력 관계 등에 의해 수동적으로 결정되는 존재라고 하더라도, 사회와 역사의 형성과 과정에서 능동적인 동인이 되어야 함은 부정할 수 없는 사실이다. 이러한 힘을 찾는 것은 근대적 주체에 의해 차단된 본래적 자아를 찾을 수 있는 가능성들을 시험하는 데서 시작될 수 있을 것이다. 『제5도살장』에서 발견할 수 있는 주체가 차별화의 체계 속에서의 하나의 요소 혹은 기능으로 환원되는 소멸된 주체인 반면, 다음 장에서 살펴볼 샬롯 퍼킨스 길먼(Charlotte Perkins Gilman)의 「누런 벽지」("The Yellow Wallpaper")에서 우리는 근대의 초월적 주체를 수동적으로 받아들이기를 거부하면서 그 세계 속에서 억압된 스스로의 자아를 회복시키고자 하는 '말하는 주체'(the speaking subject) (Warhol 1033)를 찾아볼 수 있다.

3) 저항적 글쓰기와 말하는 주체: 「누런 벽지」

서양의 근대 백인 남성 중심 담론은 개인을 주체로 편입시킴으로써 스스로를 명백하게 제시하고, 이를 통해 근대 세계의 질서를 유지하고 강화시킨다. 지배질서가 제시하는 이러한 근대적 주체는 우리의 본래적 자아를 억압하게 된다. 이데올로기는 스스로 이데올로기임을 은폐하고 개인을 주체로 구성함으로써 사람들로 하여금 사회적으로 할당된 정체성을 자신의 것으로 오인하게 만든다. 이 장에서 우리는 글쓰기를 통해 이러한 억압적 주체를 거부하고 스스로의 정체성을 구성하고자 하는 저항적 자아를 찾아볼 것이다. 저항적 자아는 「누런 벽지」에서 '말하는 주체'의 고통스러운 자서전적 글쓰기 과정에서 확인된다.

(1) 저항적 자아

자서전적 글쓰기는 사회와 담론에 의해 주어지는 주체가 아닌 자신의 본래적 자아를 주제로 삼는 글쓰기이다. 이러한 글쓰기가 목표로 하는 것은 가부장적 사회 속에서 여성적 자아를 추구하는 것인 동시에, 이 가부장적 질서와 연결된 지배질서 전체에 대항해서 저항적 자아를 찾는 것이기도 하다. 따라서 우리는 자서전적 글쓰기를 서양의 근대 담론 전체에 대한 저항적 글쓰기로 확대시켜 해석해 볼 수 있다. 여성을 억압하는 남성 중심의 사회질서는 보다 더 큰 세계질서와 관련되어 있기 때문이다. 다시 말해서, 서양의 가부장적 사회는 부르주아 휴머니즘, 모더니티 프로젝트, 계몽주의 등의 근대 담론들과 분리해서 생각할 수 없는 것이다. 따라서 우리는 「누런 벽지」에서 가부장적 사회질서에 대항하는 여성적 자아를 더 넓게 유럽 백인 남성 중심의 근대적 세계질서에 저항하는 자아로 확대시켜 해석할 필요가 있다. 우리가 이 텍스트에서 찾아보고자 하는 저항적 자아는 근대 담론들과 그 담론들을 지지하는 문학 텍스트들이 제시하는 주체를 거부하는, 사회적 나와 본래적 나 사이에서 분열된 자아이며, 그 속에서 스스로의 정체성을 구성하고자 하는 저항적 자아이다.

우리가 편입되어 들어갈 수밖에 없는 사회, 언어, 담론체계는 공적인 질서의 영역이다. 이 영역들에서 주어져 있는 나의 위치에 의해 사적이고 본래적인 나는 억압된다. 자서전은 지배담론이 초월적 주체를 제시하면서 은폐하게 되는 억압된 자아와, 언어적 자아가 구성되어 가는 과정을 드러내는 글쓰기이다. 「누런 벽지」에서 여성 화자는 의사인 남편으로 대표되는 남성 중심 담론 속에서 환자라는 위치를 할당받음으로써 주체로 구성된다. 남성 – 의학 담론은 화자에게 자신의 모습과는 다른 오인된 정체성을 제시하는 것이다. 앞서 살펴본 것처럼, 남편에 의해 제시되는 남성 – 의학 담론은 근대 담론들의 하나로 생각할 수 있다. 이 텍스트의 화자는 비밀스러운 글쓰기를 통해 이러한 담론들이 자신에게 강요하는 주체가 구성되는 과정을 드러내게 된다.

자아의 분열은 본래적 나와 사회적 나, 안과 밖 사이의 공간, 즉 "차이의 공간, 자아의 통합을 향한 욕망이 완전히 메울 수 없는 틈"(Benstock 1041)을 만들게 되고, 이 틈이 바로 자서전적 글쓰기의 공간이라고 할 수 있다. 자서전적 글쓰기의 공간은 타자의 흔적을 간직하며 오인된 사회적 자아에 의해 소외된 본래적 자아가 모습을 드러내는 장소인 것이다. 「누런 벽지」의 도입부에서의 화자의 다음과 같은 말은 이 이야기가 자신에게 할당된 수동적 주체에 대한 거부에서 시작됨을 보여준다.

> 남편은 정말 실용적인 사람입니다. 미신적인 공포 같은 것은 도저히 용
> 납하지 못하는 성격이다. 느낄 수 없거나 볼 수 없거나 형체를 가지지 않
> 은 것들에 대해 얘기라도 하면 대놓고 면박을 주기 일쑤입니다.
> 남편은 의사인데, *아마도*, (물론 살아 있는 사람한테는 이런 말은 하지
> 않을 것이고, 생명 없는 종이 위에 쓴다는 것이 저에게는 무척 위안이 됩니
> 다.) *아마도* 그 사실이 제가 잘 낫지 않는 이유일 겁니다.(*Yellow* 9 - 10)

화자는 실용성, 합리적 이성을 기초로 하는 근대적 가치관, 그와
연관된 가부장 사회와 남성 중심의 의학 담론 등 서양의 근대담론
이 제시하는 사회적 자아를 거부하고 금지된 글쓰기를 통해 자신
의 자아를 찾고자 하는 것이다. 또한, 자서전적 글쓰기를 통해 여
성 작가들이 추구하는 자아는 여성적 자아이기도 하면서 서양의
근대적 주체를 거부하는 저항적 자아이기도 하다.

(2) 저항적 글쓰기

화자는 남편과의 대화가 단절된 후 찾아낸 벽지 무늬 뒤에 갇혀
있는 여자처럼 남성 지배담론에 의해 감금되어 있다. 이 담론 속에
서 '환상'은 금지된다.

> 하지만 남편은 환상 같은 것은 아예 갖지도 말라고 저에게 주의를 줍니
> 다. 그는 상상력과 이야기를 만드는 습관 때문에 저 같은 경우의 신경쇠약
> 은 분명히 자극적인 환상에 끌리게 되며 제 의지와 분별력을 잘 발휘해서
> 그런 경향을 조절해야 한다고 말합니다.(*Yellow* 15 - 16)

남편이 내세우는 '의지'와 '분별력'은 화자의 환상을 억압하는 가부장적 담론에 연결된다. 화자는 환상, 이야기를 만드는 것과 일을 금지하는 남편의 처방대로 따르려 하지만 근본적으로는 거기에 동의하지 않는다. 글쓰기가 진행되는 과정 내내 화자는 남편의 의지와 분별력에 대항해서 자신의 환상(벽지 무늬 뒤의 여자 형상과 자신을 동일시하는 것)을 내세운다. 화자가 이를 통해 지키고자 하는 것은 남성 중심 담론 속에서 환자로 규정된, 명백하고 통합된 것으로 제시된 주체에 대항하는 저항적 자아이다.

벽지에 대해 남편과 진지하게 대화를 나누어보고자 하는 화자의 노력은 남편에 의해 무시된다. 뿐만 아니라 벽지에 대한 화자의 생각은 남편에 의해 쓸데없는 환상으로 치부되어 버린다. 다음은 벽지 때문에 괴로워하는 화자가 방을 옮겨달라고 요구했을 때 남편이 하는 대답과 그에 대한 화자의 반응이다.

> "여보" 그[남편]가 말했습니다. "부탁인데. 당신은 물론이고 나와 우리 아이를 위해서 그런 생각은 마음속에서 지워버려요! 당신처럼 예민한 사람에게는 그런 환상이 제일 위험하고 제일 빠져들기 쉬운 거라고. 그건 이상하고 어리석은 환상일 뿐이오. 내가 이렇게까지 말하는데 의사인 나를 못 믿는다는 말이오?"
>
> 물론 그 점에 대해서는 제가 할 말이 없었지요. 우리는 곧 잠자리에 들었습니다. 그는 제가 먼저 잠들었다고 생각했겠지만 저는 잠들지 않고 몇 시간을 누워서 벽지의 앞 무늬와 뒤 무늬가 같이 움직이는지 아니면 따로 움직이는지를 알아보고 있었습니다.(*Yellow* 24 - 25)

이 대화 이후 벽지의 무늬는 의사인 남편의 이성과 환자인 화자의 환상이 교차되어 나타나는 이분법적 공간이 된다. 남편이 주장하는 논리/환상의 이분법적 구별은 서양의 근대 담론들이 의존하고 있는 남/여, 이성/비이성, 의학/병, 중심/주변 등의 이분법의 연장이다. 남편은 의사로서의 권위를 내세우면서 화자를 자신의 담론, 즉 의사/환자의 이분법 구도 속에 가두려고 한다. 이러한 상황 속에서 화자의 글쓰기는 이러한 전체화하고 보편화하는 서양의 근대 휴머니즘 담론에 저항하면서 주변화되고 억압된 자신의 자아를 회복하는 수단이 된다.

4) 결론

주체가 기초하고 있는 문학텍스트의 투명성, 다시 말해서 문학텍스트가 사회의 여러 다른 담론적, 물질적 과정들을 초월하여 존재하면서 독자를 저자의 경험과 진리에 직접적으로 인도한다는 가정은 '본질주의'(essentialism)적 관점에서 생겨나는 것이라고 할 수 있다. 마수드 자바자데(Mas'ud Zavarzadeh)와 도날드 모턴(Donald Morton)은 문학을 한 문화 내의 다른 담론들과 차별화시키고 그것을 절대적인 것으로 간주하는 것은 문학을 통해 의미화 과정을 초월한 진리를 제시하고자 하는 본질주의적 이데올로기라고 비판한다(65). 본질주의는 '모든 현상을 초시간적 혹은 초월적으로 의미를 가지는 실체로 보는 관점'이며, 따라서 문학을 다른 담론들과 구분되는 것으로 보는 관점도 본질주의의 한 형태라고 할 수 있다(Chung 48). 그러므로 우리가 읽어 본 메타픽션으로서의 『제5도살장』과 저항적 텍스트로서의 「누런 벽지」는 반본질주의적(anti–essentialist) 관점에서 해석해 볼 수 있다. 이 텍스트들은 문학텍스트가 구성되는 과정에 주의를 기울이고 또 그것을 통해 전달하고자 하는 지배담론에 저항함으로써 문학이 사회 내의 다른 담론들과 마찬가지로 의미화 체계의 산물이며, 문학텍스트에 의해 재현되고 구성되는 세계와 주체 또한 그러함을 보여주는 것이다.

포스트모더니즘/포스트구조주의에서는 자아는 분열되어 있고 주체는 다양한 위치들로 탈중심화되어 있다. 주체가 탈중심화되는 것은 불안정한 과정으로서의 언어를 비롯한 의미화의 과정들에 인간이 진입하는 것의 결과이다. 인간 주체는 이 과정의 효과 혹은 기능으로 나타난다. 르네상스 이후 '개인' 혹은 '인간'으로 불리던, 세계의 물질적 과정에서 해방된 자유로운 행위자로서의 사람은 세계 내에서 대체 가능한 하나의 요소가 되는 것이다. 그러나 그렇다고 하더라도 우리는 의식에 중심적 우선권을 부여하는 근대의 초월적 주체가 억압하는 타자와 주변들의 목소리, 그리고 스스로의 자아를 회복시킴으로써 역사의 과정에서 능동적인 동인이 될 수 있는 가능성을 부정할 수는 없다.

이런 맥락에서 메타픽션이 우리에게 가르쳐주는 것은 세계는 고정되지 않고 종결되지 않은 다층적 텍스트들이며 인간 주체도 이러한 텍스트들 속에서의 기능들이라는 것이다. 한편으로는 이러한 세계의 텍스트화가 실제적인 모순들을 회피한 채 텍스트 속으로 도피하는 수단이라는 점에서 문제점을 지닌다(Eagleton 124 – 27). 다시 말해서, 메타픽션은 근대적 세계질서가 가지는 역사적인 모순들을 언어와 주체의 문제로 환원시켜버림으로써 실제적인 문제들을 회피해버리게 되는 면이 있는 것이다. 세계를 텍스트화하는 것이 역사적이고 실제적인 모순들을 전적으로 해결한다고 보기는 어려울 것이다.

하지만 다른 한편으로는, 세계를 텍스트화하는 것은 역사로부터의 도피라기보다는 오히려 역사가 구성되는 과정을 반성적으로 고찰함으로써 세계와 인간에 대한 보다 깊이 있는 이해를 가능하게 해 준다는 측면에서 이해할 수도 있다. 이것은 세계를 신비화에 의한 왜곡 없이 바라볼 수 있게 해 준다. 또한 중심적이고 억압적인 담론에 의해 억압된 여러 주변적인 목소리들의 가치를 인정하게 한다. 이런 의미에서, 우리가 살펴본 자서전적 글쓰기는 안정되고 명백한 것으로 제시되는 세계의 보편적 가치에 의해 일방적으로 제시되는 주체에 매몰되는 데서 벗어나서 근대적 주체에 대항하는 저항적 자아를 탐색할 수 있는 가능성을 지니고 있다고 할 수 있다. 문학텍스트 속에서 본래적 자아를 모색하는 과정을 통해서 우리는 세계와 인간과 문학을 탈신비화시킴으로써 언어, 담론, 이데올로기가 세계를 구성하는 방식과 과정에 대해 반성하게 된다. 또한 그 속에서 인간이 주체로 구성되는 과정을 밝힘으로써 세계 속에서 인간을 이해하는 하나의 시각을 얻게 될 것이다.

≪ 인용문헌

정형철. 『T. S. Eliot 詩에 있어서의 詩的 自我 - C. G. Jung의 원형이론과 후기구조주의의 관점』 고려대학교 대학원, 1991.

Althusser, Louis. "Ideology and Ideological State Apparatuses." *Lenin and Philosophy, and Other Essays*. Trans. Ben Brewster. New York: Monthly Review, 1972. 83 - 126.

Belsey, Catherine. *Critical Practice*. 2nd ed. London: Routledge, 2002.

Benstock, Shari. "Authorizing the Autobiographical." *Feminisms: an Anthology of Literary Theory and Criticism*. Ed. Robyn R. Warhol and Diane Price Herndl. New Brunswick: Rutgers UP, 1996. 1040 - 57.

Benveniste, Emile. *Problems in General Linguistics*. Miami: U of Miami P, 1971.

Chung, Hyung - Chul. *The Poetics of Identity: New Perspectives on the Problem of Self*. Pusan: PUFS UP, 2005.

Eagleton, Terry. *Literary Theory: An Introduction*. 2nd ed. Oxford: Basil Blackwell, 1996.

Easthope, Antony. *British Post -structuralism: Since 1968*. London: Routledge, 1988.

Foucault, Michel. *The Order of Things: An Archaeology of the Human Sciences*. Trans. Michel Foucault. London: Tavistock, 1970.

_____, *Power/Knowledge: Selected Interviews & Other Writitngs 1972 - 1977*. Ed. Colin Gordon. Trans. Colin Gordon, Leo Marshall et al. New York: Pantheon, 1972.

Gilman, Charlotte Perkins. *The Yellow Wallpaper*. New York: The Feminist Press, 1973.

Lemaire, Anika. *Jacques Lacan*. Trans. David Macey. London: Routledge, 1977.

Rorty, Richard. "Deconstruction." *The Cambridge History of Literary Criticism*. Vol. 8. Cambridge: Cambridge UP, 1995. 166 – 96.

Silverman, Kaja. *The Subject of Semiotics*. New York: Oxford UP, 1984.

Vonnegut, Jr., Kurt. *Slaughterhouse – Five or The Children's Crusade: A Duty Dance with Death*. New York: Deli Publishing, 1969.

Warhol, Robyn and Diane Price Herndl. *Feminisms: An Anthology of Literary Theory and Criticism*. New Brunswick: Rutgers UP, 1996.

Waugh, Patricia. *Metafiction: The Theory and Practice of Self – Conscious Fiction*. New York: Methuen, 1984.

Zavarazdeh, Mas'ud and Donald E. Morton. *Theory as Resistance: Politics and Culture after(Post) structuralism*. New York: Guilford, 1994.

10 • 『제5도살장』: 세계와 주체성

1) 서론

커트 보네갓(Kurt Vonnegut)의 『제5도살장』(*Slaughterhouse - Five*)은 소설이 가지는 한계를 의도적으로 드러내는 것을 목적으로 하는 메타픽션 중의 하나이다. 이 소설 양식은 특히 사실주의 소설의 근본적인 가정들과 문제점들을 비판하기 위해 소설이 쓰이는 과정 자체를 글쓰기의 내용으로 삼는다는 점에서 소설에 대한 소설로 인식되고 있다. 패트리샤 워(Patricia Waugh)에 의하면 메타픽션은 "허구와 실제의 관계에 의문을 제기하기 위해 자의식적이고 체계적으로 인공물로서의 자기의 상태에 주의를 기울이는 허구적 글쓰기에 붙여진 이름"(2)이다. 다시 말해서, 그것은 기존의 소설 양식의 존재론적 위기를 보여주기 위해 소설의 양식 자체와 소설이 쓰이는 과정에 주의를 기울이는 '자기반영적'(self - reflexive) 소설이다. 소설에 대한 이러한 위기의식은 소설이 더 이상 실제 세계를 충실히 모방할 수 없다는 가정에 의한 것이다. 또한 이러한 문학의 위기는 기호에 의한 세계의 지시 가능성에 대한 포스트모던적 불신과 맥이 닿아 있다.

모더니티(modernity)가 상정하는 존재의 확실성에 대한 반성적인 고찰을 시도하는 포스트모던적 글쓰기와 마찬가지로, 메타픽션은 세계를 안정적으로 묘사하고 저자의 의미를 전달하는 것으로 간주되는 사실주의 전통의 소설들의 형식을 고의적으로 파괴함으로써 소설의 형식 자체를 전경화시킨다. 실비오 개기(Silvio Gaggi)는 『모던/포스트모던』(*Modern/Postmodern*)에서 예술작품의 형식을 이런 식으로 전경화시키는 것은 독자에게 자신이 아무 꾸밈없는 진리를 보고 있는 것이 아니라 실제를 재현하는 언어에 의해 조건 지어진 실제의 재현을 경험하고 있음을 상기시켜 주기 위한 것이라고 지적한다(16). 소설 형식을 자기반영적으로 드러내는 것은 소설이 하나의 허구적 구성물이라는 것을 드러내고자 하는 전략이다. 이것은 또한 소설이 쓰이는 과정에 주의를 기울이게 함으로써, 소설처럼 허구적으로 구성되지만 우리에게 명백하고 자명한 것으로 제시되는 세계가 구성되는 과정에 대해서도 반성적으로 고찰하게 하는 것이다. 이와 같은 과정은 우리가 그 속에 편입되기 전에 이미 확립되어 있는 기존의 담론적 질서에 무비판적으로 매몰되는 데서 벗어날 수 있는 가능성에 대한 모색의 과정이라고 할 수 있을 것이다.

상식적인 언어관과 주체관을 부정하는 이와 같은 관점은 '텍스트'(text)의 개념에서 찾아볼 수 있는데, 포스트구조주의적 의미에서 텍스트는 종결을 향하는 구조 속에서 선형적으로 일관성 있게 배열되고 진행되는 서사라기보다는 롤랑 바르트(Roland Barthes)가 지적하듯이 "수많은 종류의 쓰기가, 어떤 것도 기원적이지 못한 상태에서, 서로 섞이고 충돌하는 다차원적인 공간"("The Death" 146), 즉 특권적 담론에서 해방된 기호들과 요소들의 무한한 움직임과 확장을 허용하는 비선형적 공간이다. 소설에서 기존에 확립된 서사 방식을 무너뜨리는 전략 중의 하나가 바로 이 '비선형성'(nonlinearity) 이라고 할 수 있을 것이다.

역사적 사건을 자기반영적 형식 속에서 고찰하는 이러한 특성은 린다 허천(Linda Hutcheon)이 말하는 '사료적 메타픽션'(historiographic metafiction)과 유사한 점이 있다. 허천에 의하면 사료적 메타픽션은 자기반영성을 강하게 띠면서도 역설적으로 역사적 사건들과 인물들에 주의를 기울이는 소설인데(5), 플롯의 선형적인 진행보다는 왜곡된 시간과 공간들이 비선형적으로 병치되어 있는『제5도살장』은 소설 자체에 주의를 기울이게 만드는 플롯 구조 속에서 역사적 사건을 다룸으로써 소설과 역사가 하나의 구성물임을 드러내고자 한다. 이것은 기존의 선형적 소설들이 전달하는 세계와 주체의 확실성을 해체하고 그것이 구성되는 과정을 환기시키고자 하는 전략의 하나로 이해할 수 있을 것이다.

이 연구에서는『제5도살장』의 비선형적 서사, 텍스트성, 역사의 허구화, 상상적 혹은 공상과학적 요소 등을 메타픽션과의 관계를 통해 살펴볼 것이다. 이를 통해 이 소설과 메타픽션이 세계와 주체를 사회적, 역사적 조건들에 의한 구성물로서 바라보게 하고, 또한 이러한 구성의 과정들에 관련된 담론과 실천들에 주목하고 이들을 반성적으로 고찰하게 하는 효과를 가지고 있음을 논의해 보고자 한다. 이것은 근대적 주체에 의해 주변화되고 침묵당한 타자의 목소리, 즉 스스로의 주체성에 대한 탐색과도 관련된다.

2) 소설, 세계, 허구

(1) 소설에 대한 존재론적 물음

메타픽션은 넓게는 포스트모던 소설로 분류된다. 포스트모더니즘은 그 이름이 말해 주는 것처럼 반 혹은 탈근대적인 특성을 가지고 있는데, 이것은 존재의 불확실성에 대한 인식에서 잘 드러난다. 이러한 존재론적 불확실성의 결과는 다원주의, 다양성, 우연성, 그리고 애매성 등으로 나타난다. 이와 같은 특성들은 근대가 추구했던 보편성, 동질성, 명확성 등의 이면에서 생겨난 것이다. 쟝 프랑소아 료타르(Jean Francois Lyotard)는 포스트모던의 기본적인 특징을 '거대서사에 대한 불신'(xxix)으로 정의하는데, 특권적 '거대서사'(meta-narrative)로서의 지위를 유지하고자 하는 근대 사실주의 소설과 그것에 의해 제시되는 세계의 존재론적 확실성에 의문을 제기한다는 점에서 메타픽션과 포스트모던적 글쓰기의 접점을 찾을 수 있을 것이다.

문학이 거대서사의 지위를 유지하는 것은 스스로를 역사적, 담론적 과정에서 분리된 것으로 제시하는 '본질주의'(essentialism)적 전략에 의해 가능하다. 본질주의는 "모든 현상을 초시간적이고 원래적으로 의미 있는 것으로 제시하는 중심화하는 이데올로기"(Zavarzadeh 65)이다. 본질화된 문학은 특정한 사회의 지배 이데올로기와 질서를 유지하고 강화하게 된다. 그런데 문학을 다른 담론들과 구분하여 본질화하는 것은 필연적으로 선택과 배제의 과정을 거치게 된다. 일군의 텍스트들에 문학이라는 지위를 부여해 주는 것은 텍스트에 고유한 본성이 아니라 문학 텍스트들과 다른 텍스트들을 구분 짓는 역사적인 조건들이다. 그러나 문학에 대한 본질주의적 관점은 문학 텍스트들을 이와 같은 과정에서 분리하고 문학과 관련된 사회 – 역사적 조건들을 무시하고 은폐하는 문제점을 가진다. 메타픽션과 포스트모던적 글쓰기는 반본질주의적 관점에 기초한다고 할 수 있다. 이것은 문학이 특정의 사회에서 가지는 권위를 탈신비화하는 것, 다시 말해서 특권적이고 중심적인 위치로부터 문학을 일탈시켜 물질적 조건 속에 위치시키는 것이다.

보네것은 『제5도살장』의 구조와 이 소설에서 묘사되는 실제 역사를 계속해서 다른 구조와 역사로 치환시킴으로써 소설과 세계에 대한 이와 같은 존재론적 물음, 즉 확실성에 대한 회의를 표현한다. 이 소설의 첫 장의 내용은 작가 보네것이 실제로 겪었던 전쟁 경험을 소설로 쓰기 위해서 자신과 자신의 전우 버나드 오헤어(Bernard V. O'Hare)의 기억을 떠올리기 위해 애쓰는 내용이다. 하지만 전쟁에 대한 실제 기억은 떠오르지 않고 작가가 구상하고 있는 소설의 내용, 즉 전쟁의 경험은 다른 역사들과 뒤섞이게 된다. 보네것과 오헤어는 전쟁 기억을 떠올리던 중 '어린이들의 십자군전쟁'(The Children's Crusade)이라는 부제를 얻게 된다. 여기서 2차 대전 중 독일의 도시인 드레스덴(Dresden)을 미군이 폭격한 실제 사건은 독일과 프랑스의 어린이들로 조직된 십자군 원정대가 수도사들에 의해 북아프리카에 노예로 팔려가는 또 다른 역사적 사건과 뒤섞인다. 또 오헤어와 함께 독일로 가기 위해 예약했던 비행기를 날씨 때문에 타지 못하고 하룻밤을 묵게 되는 모텔 방 서랍 속의 성경에서 보네것이 찾아낸 소돔과 고모라의 이야기도 이 실제 역사에 더해진다. 여기에 상상의 행성 '트랄파마도어'(Tralfamadore) 세계까지 더해져 『제5도살장』의 이야기는 역사와 현실과 상상이 서로 계속해서 뒤섞이고 치환되는 과정을 반복한다.

사실주의 소설이 가정하는 소설의 확실성에 대한 회의는 주인공 빌리 필그림(Billy Pilgrim)이 알고 있는 트랄파마도어의 소설을 통해 드러난다. 빌리는 어느 날 뉴욕의 한 라디오 토론 프로그램에 출연해서 문학평론가들과 함께 앞으로 소설이 어떻게 될 것이며 어떤 역할을 해야 하는지에 대해 토론을 벌인다. 여기에서 빌리는 자신의 발언 차례가 되었을 때 트랄파마도어에 대한 이야기를 한 후 프로그램 중간에 광고가 나가는 시간에 방송국에서 쫓겨난다. 빌리가 알고 있는 트랄파마도어의 소설은 토론 프로그램에 출연한 문학평론가들은 물론 일반 사람들이 가지고 있는 상식적인 소설관을 흔들어 놓기에 충분한 것이다. 빌리는 트랄파마도어로 가던 도중 그곳의 소설을 읽고 마치 전보와 같다고 생각한다. 트랄파마도어인이 설명하는 그곳의 소설은 다음과 같은 모습을 하고 있다.

> 트랄파마도어에는 전보가 없어요. 하지만 당신 말이 맞습니다. 상징들로 된 각 덩어리는 간략하고 긴급한 메시지인데 하나의 상황과 하나의 장면을 묘사하지요. 우리 트랄파마도어인들은 그것들을 하나씩 차례대로 읽지 않고 단번에 읽지요. 메시지들 사이에 특별한 관계는 없어요. 작자가 그것을 주의 깊게 선택했다는 것만 빼면요. 그래서 한꺼번에 바라볼 때 이 모든 것들은 아름답고 놀랍고 깊은 삶의 이미지를 만들어 내게 되지요. 거기에는 시작도, 중간도, 끝도, 긴장도, 도덕도, 원인도, 결과도 없습니다. 우리가 이런 소설들에서 좋아하는 것은 한꺼번에 모두 보이는 수많은 놀라운 순간들이 가진 깊이인 것이지요.(*Slaughterhouse-Five* 76)[9]

---

9 이하 면 수로 표시함.

트랄파마도어의 소설의 모습은 『제5도살장』의 비선형성을 암시하는 것으로 볼 수 있다. 이 소설에서 각각의 이야기들은 빌리의 왜곡된 시간여행에 의해 서로 아무런 논리적, 시간적 인과관계 없이 병치되어 있다. 따라서 이 소설은 처음부터 끝까지 선형적 순서에 의한 읽기보다는 모든 것을 한꺼번에 놓고 볼 때 더 잘 이해될 수 있는 면이 있다. 독자들에게 이야기들을 단번에 보도록 하려는 작가의 의도는 이 소설의 첫 장에서 두루마리 벽지 뒷면에 크레용으로 그려진 그림에서도 암시된다. 보네것이 소설의 인물들을 선들로 나타내면서 그린 드레스덴 이야기는 다음과 같다.

> 나는 딸아이의 크레용을 가지고 주요 인물들을 각각 다른 색으로 표시했다. 벽지 한쪽 끝은 이야기의 시작, 다른 쪽 끝은 끝이었고, 그 사이 가운데 부분 모두는 이야기의 중간이었다. 파란색 선은 빨간색 선에 이어 노란색 선과 만났고. 노란색 선은 그 색이 나타내는 인물이 죽으면서 멈추었다. 세상일이 다 그런 거지. 드레스덴의 파괴는 오렌지 색 선영(線影)이 교차하는 수직선 띠로 표시되었고, 그때까지도 계속 살아 있던 선들은 그것을 통과해 다른 쪽으로 나왔다.(5)

이 그림은 독자들에게 이 소설 전체를 동시에 보도록 하는 한편 논리 정연한 소설 구조를 여러 선들의 어지러운 움직임과 겹침으로 바꾸어 놓는다. 드레스덴의 실제 역사는 이 그림에서 기호와 코드로서의 선들의 움직임과 겹침으로 치환되고, 『제5도살장』은 이 선들에서 이어져 나온 인물들이 구성하는 사건들로 제시된다. 이런 의미에서, 플롯의 선형적인 진행보다는 왜곡된 시간과 공간들이 비선형적으로 병치되어 있는 이 소설의 서사 진행은 보네것의 이 그림에서 어느 정도 예시된 것으로 볼 수 있다. 이와 같은 서사 방식은 내용보다는 형식을 전경화시켜 소설 자체, 소설이 쓰이는 과정 자체에 주의를 기울이게 만든다. 이것은 완결된 구조를 통해 소설이 쓰이는 과정과, 그 과정에 연관될 수 있는 힘들과 모순들을 덮어버림으로써 세계의 확실성과 주체의 초월성을 제시하고자 하는 본질화된 문학의 한계를 드러내는 것이 된다.

(2) 역사의 허구화

『제5도살장』은 역사를 허구화시킨 이야기이다. 제2차 대전 중 폭탄이 떨어지는 실제 사건이 벌어진 드레스덴과 상상적 행성인 트랄파마도어를 오가는 과정에서 역사와 허구의 경계는 애매한 것이 된다. 말콤 브래드버리(Malcom Bradbury)가 지적하듯이, 메타픽션은 "역사 자체가, 거대한 플롯이 개인에게 명령을 내리고 모든 안정적인 실제를 용해시키는, 부조리한 소설"(157)이다. 『제5도살장』에서 안정적인 실체로서의 역사의 '용해'는 주인공 빌리의 경험을 통해 나타난다. 이 소설의 작가 보네것은 주인공 빌리가 된다. 빌리는 제2차 대전에서 입은 정신적 상처를 간직한 채 시력 교정사로 일하면서 뉴욕의 일리움에 살고 있다. '실제' 세계에서 빌리는 독일군의 포로가 되어 드레스덴의 도살장에 갇혀 있다가 도시를 파괴하는 엄청난 폭격 때 탈출하는 작가의 실제 과거를 경험한다. '환상'의 세계에서 필그림은 트랄파마도어로 납치되는데, 여기서 그는 이 외계인들이 가진 낯선 시간관과 인간관으로 인해 대안적 세계관을 얻게 된다. 이 외계에서 인간은 기계이며, 삶에 대한 경험은 순간적인 것이다.

역사의 허구화는 소설이 더 이상 특권적 담론으로서 다른 기호 체계들과 구분될 수 없음을 보여주려는 시도이다. 소설은 현실을 구성하는 하나의 방식, 즉 언어를 통한 세계의 모방이 아니라 오히려 언어를 가지고 세계를 만들어 내는 것이 된다. 이것은 우리에게 제시되는 것들을 자연적이고 명백한 것으로 받아들이는 관습적 인식에 대해 반성하게 만든다. 메타픽션이 가지는 이러한 효과에 대해 브래드버리는 다음과 같이 지적한다.

> 이들[메타픽션] 중 많은 작품들에서 역사는 잊히지 않는 진보가 아니라 광기와 고통의 풍경으로 파악된다. 합리적이고 지적인 역사에 대한 의심은 세계의 실체에 대한 조롱, 내적 심리적 무질서, 인물의 희화화, 이른바 '사실들' 혹은 실제들의 공상화, 그리고 우스꽝스러운 비명목화로 이어진다. 역사는 그 자체로 허구적인 것으로 보이게 되고, 버려야 할 것이 아니라 전복되어야 할 것이 되며, 세계의 추악한 현실을 마주하고 의문을 제기할 새로운 구조들이 만들어진다.(158)

역사를 하나의 허구로서 제시하는 것은 언어가 사물을 정신에 전달하고 의미의 명확한 존재를 보증하는 투명한 매개라고 보는 상식적 언어관에 의해서는 불가능하다. 오히려 언어는 담론적 실천과 권력관계에서 분리될 수 없는 것이며, 따라서 문학 언어는 사심 없고 가치중립적일 수 없고 복수적이다. 언어는 거대서사의 영역에서 떠나 다양한 구성의 과정을 통해 '의문을 제기할 새로운 구조들'을 만들어 내는 것이다. 언어의 의미가 통제될 수 없다는 사실이 소설을 전통적 서사에서 벗어나 자의식적인 허구로 위치시키게 된다. 이와 같이 탈신비화되고 역사적으로 특수한 의미화 과정 속에 위치하게 되는 소설은 단일하고 기원적인 의미가 아닌 여러 독서와 해석의 가능성들을 열어 준다.

3) 소설과 주체성

(1) 근대소설과 주체

근대 서양에서 개인 혹은 '인간'(man)이라는 말은 자신을 둘러싸고 있는 물질적 과정에서 벗어난 자유로운 존재로서의 사람이라는 뜻으로 인식되어 왔다(Silverman 126). 이러한 개인을 탐구하는 문학양식으로 정착된 소설은 이 개인을 근대적 주체로 구성함으로써 사회에 통합시키는 역할을 수행한다. 근대적 주체는 유럽 백인 남성 중심 담론을 유지하고 강화한다. 그런데 문학텍스트가 주체를 구성하는 것은 현실을 명백하고 자명한 것으로 제시하는 과정과 마찬가지로 실제적인 모순들을 억압하고 은폐하는 것에 의해 가능해진다고 할 수 있다.

그런데 개인을 주체로 구성함으로써 근대 세계를 유지하고 강화하는 근대서사의 기본적인 특징은 선형성이라고 할 수 있을 것이다. 선형적 서사는 서사 내의 모든 요소들에 질서를 부여하는 특권적 담론에 의해 일관성 있는 구조를 갖추게 된다. 이와 마찬가지로 근대 사실주의 선형적 소설은 분산되고 모순적인 담론들을 통합되고 일관성 있게 구성하면서 사회적 권력 관계와 담론적 과정들에 대한 시험을 차단해 버린다. 선형적 소설에서 제시되는 근대적 주체는 보편화하고 총체화함으로써 주변과 타자의 목소리를 타자화시키고 배제하는 것에 의해 자신의 정체성을 유지한다.

(2) 텍스트와 주체성

메타픽션의 반근대적 특성 중의 하나는 비선형성이며, 이것은 또한 텍스트의 특성이기도 하다. 문학이론에 있어서 텍스트는 '작품'(work)과 대비되는 개념으로 도입되었다. 바르트는 작품과 텍스트를 구별하면서, 작품은 저자의 의도를 담은 하나의 종결된 구조인 반면 '텍스트'는 "불연속, 겹침, 변화 등이 계속되는 움직임"이며, "언어처럼 그것은 [……] 종결되지 않은 채 중심에서 이탈해 있다."("From Work" 158–59)고 설명한다. 텍스트는 그것을 구성하는 다양한 요소들의 복잡한 얽힘이기 때문에 저자의 정확한 의도나 외부의 지시대상을 가지지 못하며 또한 하나의 확정된 단위라기보다는 요소들이 겹치고 가로 질러가는 열린 공간이다. 작품이 저자의 의미에 권위를 부여하는 선형성에 의해 종결된 구조인 반면, 텍스트는 이와 같은 선형적 질서와 닫힘에 저항하는 다양한 목소리들이 서로 얽히면서 공존하는 비선형적/다선형적(multilinear) 움직임과 과정이라고 할 수 있을 것이다. 여기서는 주체 또한 기호들과 요소들의 움직임 속에 위치하게 됨으로써, 그 구성의 과정과 조건이 드러나게 된다. 주체는 상이하고 모순적인 담론들이 모이는 장소이며, 그것이 위치하는 곳은 비선형적/다선형적 과정들과 움직임들 속이다. 메타픽션은 저자가 가진 세계에 대한 진리라는 중심적 담론을 설정하는 사실주의적 '작품'에서 그 중심적 담론에 의해 억압되고 은폐된 수많은 담론들을 찾아내고 드러내 보여주는 '텍스트'로의 전환이라는 맥락에서 이해해 볼 수 있을 것이다.

텍스트는 현실을 언어의 과정 속에 위치시키고 그 속에서 다시 만들어 낸다. 텍스트화된 문학은 더 이상 자신을 다른 언어체계들과 구별하는 특권적 담론이 아니라 세계를 구성하는 하나의 방식이 된다. 여기서는 중심, 초월적 기의, 특권적 담론 등은 부재하며, 앎과 행위의 기원으로서의 주체 또한 그 초월적 지위를 잃게 된다. 『제5도살장』의 비선형성/다선형성이 의도하는 것은 역사적으로 특수하고 무의식적인 의미화 행위 속에서의 '문화적 중층결정의 결과'로서의 인간(Zavarzadeh 60)을 의미를 만들어 내는 언어, 기호, 코드들의 교차의 과정 속에서의 주체로 위치시키는 것이라고 할 수 있을 것이다.

4) 결론

메타픽션은 소설 때문에 생겨난 문제점을 소설을 통해 해결하려는 하나의 시도라고 볼 수 있다. 소설에 대한 존재론적 물음과 역사의 허구화 등은 이런 맥락에서 이해할 수 있는 서사전략이다. 이와 같은 자기지시적 소설은 외부세계를 충실히 묘사하고 진리를 전달하는 것을 목적으로 하는 근대 사실주의 소설에 반대한다. 소설로서의 자신의 위치에 주의를 기울임으로써 메타픽션은 현실의 허구성을 드러내고자 한다. 포스트모더니티는 개인주의, 자본주의, 이성, 주체, 과학, 진보 등 근대적 가치관들의 정당성에 의문을 제기한다. 근대적 가치관과 통념들에서 외부적 권위를 찾던 근대 사실주의 소설들의 유효성 또한 당연히 의문의 대상이 된다. 자기지시적 혹은 자기반영적 글쓰기는 소설의 외부적 권위가 더 이상 모방할 의미가 없어진 데서 오는 방향전환이다.

그러나 모든 것을 텍스트로 바라보는 것은 현실 세계가 가지는 모순들과 문제점들을 언어, 기호, 코드의 문제로 환원시켜버림으로써 실제적 문제들을 회피하는 수단이 되기 쉬운 면이 있다. 이러한 문제점은 테리 이글턴(Terry Eagleton)이 포스트구조주의가 실제적인 정치적 문제들을 회피한 채 텍스트 속으로 도피하는 문제점을 지니고 있으며, 이런 점에서 그것은 기존의 문학이론들이 보여주는 비역사성을 그대로 간직하고 있다고 비판하는 데서도 드러난다(124-27). 그러나 세계를 텍스트화하는 것이 역사적이고 실제적인 모순들을 전적으로 해결한다고 보기는 어렵다 할지라도, 세계를 다양하고 열린 과정들로 인식하는 것은 지배담론에 의해 우리에게 일방적으로 제시되는 세계와 주체에 대해 비판적 거리를 유지하게 해주는 면이 있다. 세계와 주체를 파편적이고 우연적인 요소들의 병치와 유희를 통해 표현하는 메타픽션이 가지는 긍정적인 면 중의 하나가 이것이라고 할 수 있을 것이다.

『제5도살장』은 현실과 인간의 관계에 개입한다. 이 소설은 우리가 현실에 접근하기 위해 반드시 통과해야 하는 기호들의 차이의 체계를 있는 그대로 보여준다. 독자들에게 이 체계는 세계를 인식하는 자동화된 습관에 가해지는 일종의 충격이다. 이것은 세계를 충실하게 모방하는 투명한 창으로서의 소설에 독자들이 매몰되도록 유도하여 인간을 주체로 구성하는 역사적 힘들과 과정들에 대한 시험의 가능성을 차단해버리는 사실주의적 전략에 저항한다. 구성물로서의 상상적 현실로 제시되는 드레스덴의 이야기는 소설과 독자를 세계를 구성하는 언어적, 담론적, 이데올로기적 과정 속에 위치시킨다. 소설을 통한 이와 같은 세계와 인간의 탈신비화는 인간이 주체로 구성되는 과정을 드러냄으로써 억압적인 이분법적 대립에 기초한 근대 세계에 의해 수동적, 상상적, 이데올로기적으로 구성되어 있는 주체와는 다른 인간관을 제시해 줄 수 있다. 그것은 다양한 힘들과 요소들의 차이와 관계들에 의한 역동적인 현실과 세계의 과정 속에서 스스로의 주체성을 구성해 나갈 수 있는 가능성으로서의 인간관이라고 할 수 있을 것이다.

≪ 인용문헌

Barthes, Roland. "The Death of the Author." *Image/Music/Text*. Trans. Stephen Heath. London: Fontana, 1977. 142 − 48.

_____, "From Work to Text." *Image/Music/Text*. Trans. Stephen Heath. London: Fontana, 1977. 155 − 64.

Bradbury, Malcom. *The Modern American Novel*. New York: Oxford UP, 1984.

Eagleton, Terry. *Literary Theory: An Introduction*. 2nd ed. Oxford: Basil Blackwell, 1996.

Gaggi, Silvio. *Modern/Postmodern: A Study in Twentieth − century Arts and Ideas*. Philadelphia: U of Pennsylvania P, 1989.

Hutcheon, Linda. *A Poetics of Postmodernism: History, Theory, Fiction*. New York: Routledge, 1988.

Lyotard, Jean Francois. *The Postmodern Condition: A Report on Knowledge*. Trans. Geoff Bennington and Brian Massumi. Minneapolis: UP of Minnesota, 1984.

Silverman, Kaja. *The Subject of Semiotics*. New York: Oxford UP, 1984.

Vonnegut, Jr., Kurt. *Slaughterhouse − Five or The Children's Crusade: A Duty Dance with Death*. New York: Deli Publishing, 1969.

Waugh, Patricia. *Metafiction: The Theory and Practice of Self − Conscious Fiction*. New York: Methuen, 1984.

Zavarzadeh, Mas'ud and Donald E. Morton. *Theory as Resistence: Politics and Culture after(Post) structuralsim*. New York: Guilford, 1994.

11 • 디지털 스토리텔링과 자서전적 글쓰기

1) 서론

디지털은 넓은 표현 영역과 혁신적인 소통방식으로 인해 빠르게 주요 매체로 확산되어 가고 있다. 디지털 기술에 의존하는 각종 매체들은 소통의 방식은 물론 내용까지 변화시키고 나아가서는 우리의 사고방식과 정체성까지 구성하게 될 것이라는 점에서 이에 대한 성찰과 논의는 피할 수 없는 것이 되었다. 이 새로운 방식이 가져올 미래 사회와 그 속에서의 인간 주체에 대한 전망은 유토피아와 디스토피아를 양극으로 하면서 다양한 스펙트럼을 형성하고 있다. 그런데 이 다양한 입장들이 공통으로 전제하는 것은 활자 매체가 형성시킨 근대 세계가 디지털에 의해 새로운 세계로 바뀔 것이라는 기대 혹은 우려이다. 논리적, 추상적인 개념적 사고에 기초한 근대적 사고방식이 감각적, 구체적인 경험이 중시되는 사유체계로 바뀔 것이라는 전망과 더불어, 디지털 매체는 근대 세계를 유지하고 또한 그에 의해 유지되어 온 갖가지 가치, 분류, 분절의 체계들과 경계들을 다시 검토하도록 만들고 있다. 예술과 오락, 고급문화와 대중문화의 구분이 무너지는 포스트모던 문화에서도 이런 현상은 이미 나타나고 있지만, 디지털은 특히 지식, 정보, 예술 등에 있어서 전통적으로 유지되어 온 창조적 생산자와 수동적 소비자의 구분을 이전보다 훨씬 급속하게 허물어 가고 있다.

디지털 매체에 의한 소통방식에 대한 최근의 논의에는 '상호작용성'(interactivity)이 그 중심에 놓여 있다. 작가와 독자, 창작자와 수용자, 발신자와 수신자의 관계에 있어서 활자 매체가 가지는 일방적, 선형적 전달 양식이 양방향적, 비선형적 혹은 다선형적 양식으로 바뀌어 가고 있다. 일단 인쇄되면 그 내용과 순서가 고정될 수밖에 없는 텍스트 형식의 서사와 달리, 상호작용적 서사에서는 독자와 청중이 그 구성에 참여하는 것이 허용되고 이로 인해 이야기 행위가 일어날 때마다 구조와 내용이 변화되어 갈 수 있다. 서사에 있어서 디지털 기술에 의한 이와 같은 변화는 최근에 '디지털 스토리텔링'(digital storytelling)이라는 용어로 수렴되어 가고 있는데, 이것은 이야기 자체는 물론 그 이야기가 디지털에 의해 구성되고 전달되는 현재의 행위가 중요시되는 개념으로 이해할 수 있다. 이때의 '행위'를 이루는 것은 이야기를 전달하는 기술적 조건인 디지털과 그 방식인 상호작용성이다.

캐롤린 핸들러 밀러(Carolyn Handler Miller)는 "디지털 스토리텔링은 디지털 기술과 매체를 통해서 청중에게 전달되는 내러티브 엔터테인먼트이다."(xiii)라고 하면서 상호작용성을 가장 중요한 특징으로 꼽고 있다. 하지만 소비자/수신자에게 능동적 참여의 기회를 확대시켜 줄 것으로 전망되는 이 상호작용적 내러티브 엔터테인먼트들은 실제로 여러 가지 문제를 가지고 있다. 예를 들어 컴퓨터 게임의 경우 사용자 중심적 시점을 채택한다는 점과(이정엽 17) 다양한 매체의 통합을 이루고 매체 민주성을 가진다는 점(이인화 31)에서 긍정적으로 평가되고 있기는 하지만, 게임에서 플레이어에게 허용되는 상호작용성이란 능동적 참여를 통한 서사 구성에 있다기보다는 자신이 직접 그 속에서 행동하고 있다는 감각적 느낌이 많은 부분을 차지한다. 앤드류 달리(Andrew Darley)의 지적처럼, 게임에서 가장 중요한 특징은 "현재 일어나는 사건을 통제한다는 인상"(157)일 뿐인 경우가 대부분이다.

이러한 상황에서는 상호작용성이 오히려 생산자와 소비자 사이의 힘의 불균형을 더 심화시킬 수 있다. 다시 말해서, 내러티브 엔터테인먼트에서의 상호작용성이란 순간적, 감각적 쾌락과 환상적 참여감을 통해 개인을 기술 통제 사회에 통합시키는 수단이 될 수 있다. 이것은 기술 자본주의 사회의 모순들과 갈등들을 은폐하고 자본의 이윤 창출에 기여한다. 하나의 소통의 방식으로서 많은 가능성과 장점을 가지고 있음에도 불구하고, 양방향적 디지털 내러티브 엔터테인먼트는 분명 개인들을 기술사회 내의 수동적 주체로 구성함으로써 디지털을 '신비화'(mystification)할 위험을 내포하고 있는 것이다.

이와 같은 디지털의 신비화에 저항하는 하나의 방법으로서 우리는 개인의 일상적인 삶에서 일어나는 사건들과 그것들이 개인에게 가지는 의미들을 사진을 포함한 이미지, 동영상, 사운드 등과 저자의 목소리를 결합하여 하나의 스토리로 구성하는 "디지털 개인 성찰 스토리텔링"(digital personal reflection storytelling)(정형철 16)을 생각해 볼 수 있다. 개인이 자신의 이야기를 스스로 만들어 내고 이를 웹상에 올려 공유하는 이러한 '자서전적 디지털 스토리텔링'(autobiographical digital storytelling)은 스스로의 정체성을 구성하는 데 있어서 유용한 도구가 될 수 있다. 하이퍼미디어 기술의 이용이 용이해지면서 평범한 사람들이 자신을 표현할 수 있는 범위, 영역, 그리고 가능성이 한층 확대되고 있는 것이다.

디지털 스토리텔링에 대한 논의가 컴퓨터 게임을 비롯한 엔터테인먼트 내러티브에 편중되어 있는 우리나라의 상황에서 이와 같은 자서전적 디지털 스토리텔링의 가능성에 대한 모색이 필요한 것으로 보인다. 그런데 자서전적 디지털 스토리텔링의 의의와 방향을 살펴보는 데 있어서 이를 자서전적 문학 텍스트와 관련시켜 보는 것이 하나의 방법이 될 수 있을 것이다. 양자는 모두 개인의 삶에 밀착된 이야기라는 공통점을 가지고 있다. 이런 의미에서 우리는 지배적 담론에 저항하면서 개인의 정체성을 구성하는 수단으로서 자신의 이야기를 만들어 가는 자서전적 글쓰기와, 이와 같은 글쓰기를 수행하는 데 있어서 하이퍼미디어를 이용하는 디지털 스토리텔링을 관련시켜 살펴볼 수 있다. 모든 사람은 이야기를 가지고 있고 그 이야기가 우리의 정체성을 구성한다는 자서전적 디지털 스토리텔링의 기본 정신에서 볼 수 있듯이,[10] 자아를 표현하는 것은 개인의 정체성을 구성하는 강력한 도구이다. 이런 이유에서 인쇄술보다 훨씬 강력하고 정교한 디지털 기술의 식민화와 통제에 저항하는 유용한 전략으로서의 '디지털 자서전'(digital autobiography)의 의

---

10 Dan Bricklin, "The Digital Storytelling Festival." 19 July 2008. 〈http://www.bricklin.com/webphotojournals/dstory〉

의와 방향에 대해 모색해 보는 것이 이 연구의 목적이다.

2) 본론

(1) 디지털 스토리텔링: 하이퍼미디어적 자서전

컴퓨터 게임에 대한 비교적 활발한 연구에 비해 우리나라에서는 개인의 이야기를 만들고 표출하는 매체로서의 디지털 스토리텔링에 대한 연구는 아직 활성화되고 있지 않다. 심지어는 이 분야를 진정한 의미에서의 디지털 스토리텔링이 아니라고 보고 제외시키는 경우도 있다. 예를 들어 고욱과 이정엽은 최근 미국에서 활발하게 교육되고 제작되고 있는 자서전적 디지털 스토리텔링에 대해 그 제작물의 질적 수준을 문제시하면서 부정적인 평가를 내린다(40). 또 이들은 "일반인들이 자신들이 제작할 수 있는 스토리들을 바탕으로 사업 영역을 개척한 것이 바로 디지털 매체를 통한 자서전 쓰기 교육 사업인 것이다."(41)라고 하면서, 자서전적 디지털 스토리텔링은 미국에서 영화, 애니메이션, 게임, 방송 등 이미 디지털 콘텐츠들이 전문화된 영역 외의 다른 영역을 상업적으로 개척하려는 시도라고 보고 있다.

그런데 개인의 삶을 성찰하고 그것을 자신의 목소리로 표현하는 것은 자신의 삶에 대한 능동적인 인식과 구성을 촉발한다는 점에서 중요한 의의를 지닌다. 위키피디어(Wikipedia) 사전에 의하면 디지털 스토리텔링은 새로운 디지털 도구를 사용해서 일반 사람들이 흥미롭고 정서적으로 자신들의 진실한 이야기들을 하도록 도와주는 것이다.[11] 이와 같은 디지털 스토리텔링은 사진을 포함한 이미지, 동영상, 사운드 등과 저자의 목소리를 결합하여 만들어 낸 자서전적 스토리텔링을 의미하는 것이다. 최근 들어 사진과 동영상을 손쉽게 편집하고 여기에 음성까지 더할 수 있는 편집 프로그램들이 보급되면서 자신의 이야기를 디지털 기술을 이용해 스스로 만드는 것이 용이해지고, 또 이를 웹상에 올려 공유할 수 있는 네트워크성으로 인해 자기 표출의 욕구를 실현시킬 수 있는 가능성이 확대되고 있다. 정형철은 이와 같은 자서전적 디지털 스토리텔링의 가능성에 대해 진단하면서 디지털을 활용한 논픽션, 다큐멘터리, 자서전 등에서 우리나라의 디지털 스토리텔링의 방향을 모색할 것을 제안한다. 그중에서도 개인 성찰적 디지털 스토리텔링에 대해 "특히 자아표현을 위한 디지털 스토리텔링은 디지털시대에 디지털 기술에 의해 가능해진 새로운 서정적 자아의 표출 양식 혹은 일종의 디지털 서정시(digital lyric)라는 새로운 예술양식으로 발전될 수 있을 것"(15)이라고 전망한다.

(2) 자서전적 디지털 스토리텔링과 문학 텍스트

디지털에 의해 가능해진 표현의 기회와 영역의 확대는 단지 기술적인 차원을 넘어 삶에 대한 새로운 성찰을 가능하게 한다. 디지털 스토리텔링과 관련해서 미국에서 운영되고 있는 여러 웹 사이트들의 내용을 종합해 보면 개인에 대한 성찰을 표현하는 디지털 스토리텔링의 기본 특성은 (1) 개인의 삶의 이야기를 사진을 포함한 이미지,

---

11 Wikipedia, "digital storytelling," 23 July 2008.
⟨http://en.wikipedia.org/wiki/Digital_storytelling⟩

동영상, 사운드, 자신의 목소리 등을 통합해서 공감각적으로 표현하는 것, (2) 정서적(emotional) 표현, (3) 정체성을 스스로 구성하는 것, (4) 웹을 통해 이를 서로 공유하는 것이라고 할 수 있다. 1990년대 중반부터 미국에서 디지털 스토리텔링 운동을 주도하고 있는 조 람버트(Joe Lambert)는 개인적 스토리들의 유형을 인물(character)/추모(memorial)를 포함하는 중요 인물 스토리(the story about someone important), 모험(adventure)/성취(accomplishment)를 포함하는 사건 스토리(the story about an event in my life), 장소 스토리(the story about a place in my life), 직업 스토리(the story about what I do), 극복(recovery)/사랑(love)/발견(discovery)을 포함하는 여타 개인 스토리(other personal stories) 등으로 제시한다. 또 좋은 스토리가 되기 위한 조건으로는 (1) 시점(point of view), (2) 극적 질문(dramatic question), (3) 정서적 내용(emotional content), (4) 작자의 음성(your voice), (5) 사운드트랙(soundtrack), (6) 경제성(economy), (7) 속도조절(pacing) 등이 있다.[12]

대부분의 웹 사이트에서 확인할 수 있는 자서전적 디지털 스토리텔링 샘플들의 길이는 2분에서 5분 정도인데, 주로 사진, 사운드, 목소리를 이용해서 만든 것들이다. 여기에는 스토리텔러(storyteller)의 인생 역정 전체, 특정 사건이 자신의 삶에 미친 영향, 주위의 인물에 대한 회상 등 여러 가지 내용들이 있다. 영국에서 관련 사이트를 운영하고 있는 다니엘 메도우스(Daniel Meadows)는 디지털 스토리의 분량을 250단어, 12장 정도의 사진, 그리고 2분 정도의 길이

---

12 Joe Lambert, "Center for Digital Storytelling." 18 July 2008.
 〈http://www.storycenter.org〉

로 엄격하게 제한하면서, 이처럼 잘 짜인 형식이 멀티미디어로 만든 소네트(sonnet)가 될 수 있다는 전망을 제시한다.[13] 한편 길리 아담스(Gilly Adams)는 이야기할 내용을 찾는 데 있어서 자신이 열정을 가지고 있는 대상을 생각해 보거나 행복이나 분노나 슬픔같이 자신의 삶에 있어서 강렬한 정서를 불러일으켰던 사건을 떠올려 볼 것을 제안한다.[14]

이와 같은 디지털 스토리텔링을 제작하는 것은 자신의 삶에 대해 스스로 작가가 되는, 디지털 자서전을 쓰는 것을 의미한다. 그렇다면 디지털 자서전을 제작하는 이유와 그 목표는 무엇이어야 하는지에 대한 물음이 자연히 뒤따르는데, 우리는 자서전적 문학 텍스트를 통해 이에 대한 해답을 찾는 데 도움을 받을 수 있다. 여기서 참조하고자 하는 텍스트는 19세기 미국 여성 작가인 샬롯 퍼킨스 길먼(Charlotte Perkins Gilman)이 자신의 생활 일부를 자서전적으로 기록한 단편 「누런 벽지」("The Yellow Wallpaper")이다. 일기 형식으로 된 이 이야기는 작가 자신의 삶의 기록을 통해 '거대서사'(metanarrative)의 정당성과 권위에 도전하는 글쓰기라는 점에서 주목할 가치가 있다. 장 프랑수아 료타르(Jean François Lyotard)가 "거대서사에 대한 불신"(ⅹⅹⅳ)이라고 정의했던 포스트모던 문화의 특징이 다른 담론들을 설명하고 질서 짓는 지배 담론(master discourse)에 대항해서 차이를 존중하고 '공약 불가능한 것을 관용하는 것'(ⅹⅹⅴ)이라면, 자서전적 글쓰기와 디지털 자서전은 이와 같이 차이

---

13 Daniel Meadows, "Photo Bus." 19 July 2008.⟨http://www.photobus.co.uk⟩
14 Gilly Adams, "Finding the Story." 28 July 2008.
    ⟨http://www.bbc.co.uk/wales/audiovideo/sites/about/ pages/findingstory.shtml⟩

들을 적극적으로 드러내는 이야기라는 공통점을 지닌다.

(3) 「누런 벽지」: 글쓰기와 저항

자서전적 글쓰기는 자신의 삶에 대한 성찰을 통해 지배담론에 의해 강요되는 주체에서 벗어나고자 하는 전략이다. 이것은 타자화된 주체의 위치에서 벗어나 자신의 정체성을 스스로 구성할 수 있는 가능성을 탐색하는 과정으로서의 글쓰기이다. 「누런 벽지」에서 화자의 글쓰기는 자신이 살아가는 가부장적 사회에서 수동적으로 구성된 여성으로서의 자신의 삶에 끊임없이 던지는 질문과 도전이다. 화자는 산후 우울증에 시달리고 있는데, 남편 존(John)은 화자를 위해 어느 시골에 고풍스러운 저택을 빌려 여름을 나게 된다. 의사인 남편의 자신에 대한 처방과 글쓰기에 대한 금지[15]를 끝까지 강요하는 완고함 때문에 화자는 남편과의 대화를 포기하고 자신이 쓰는 방의 벽지의 무늬에 점점 빠져들어 간다. 결국 화자는 그것을 자신을 가두는 창살로 인식하게 되고, 그 창살 뒤에 자신처럼 갇혀 있는 여자의 모습을 발견하고 그 여자를 구출하기 위해 벽지를 뜯어내는 광기를 보인다. 화자는 이 과정을 비밀리에 일기의 형식으로 써 나가는데, 이것은 남성/의학 담론에 의해 구성된 주체를 받

---

15 작가 길먼은 실제로 산후 우울증 때문에 그 당시 권위 있는 신경 전문의였던 웨어 미첼(S. Weir Mitchell)을 찾아가 치료를 받았다. 그런데 이 치료에 불만을 느낀 길먼은 「나는 왜 누런 벽지를 썼는가?」("Why I Wrote 'The Yellow Wallpaper?'")에서 미첼이 내렸던 처방과 그 처방의 잘못된 점을 기록하고 있다. 그 처방은 '가능한 한 집안에서 생활할 것', '하루에 두 시간 이상은 지적 활동을 하지 말 것', 그리고 '다시는 펜과 붓과 연필을 절대 손에 잡지 말 것' 등을 길먼에게 지시했다. 길먼은 세 달 정도를 이렇게 생활한 후 자신의 정신이 거의 황폐하게 되었으며, 미첼의 처방이 잘못되었다는 것을 보여주기 위해 이 이야기를 썼다고 밝히고 있다(52).

아들이기를 거부하는 행위로 읽을 수 있다.

「누런 벽지」는 1892년 『뉴잉글랜드 매거진』(*New England Magazine*) 을 통해 발표된 이후 오랫동안 잊혀 있다가 일레인 헤저스(Elaine Hedges)에 의해 1973년에 다시 단행본으로 출판되었다. 그 단행본 의 「후기」("Afterword")에서 헤저스는 이야기의 내용과 작가의 글 쓰기 행위를 구분한 후, 이야기의 내용은 가부장 사회에의 도전에 실패하지만 이 이야기를 써 나가는 화자의 글쓰기 행위 자체는 저 항의 가능성을 계속해서 가지고 있다고 지적한다(55). 화자가 남편 의 지배에서 벗어나는 데 있어서 기본 전략으로 남편이 금지시킨 글쓰기를 채택하는 것은 이야기하기를 통해 자신에 대한 진단을 스스로 내리는 출발점이다.

남편의 진단과 처방은 화자의 건강을 회복시키기 위한 것이다. 하지만 남편이 의사라는 사실에서 우리는 이 진단과 처방이 19세 기 후반의 남성 중심적 의학 담론이라는 틀 속에 있음을 보게 된 다. 이것은 더 넓게는 이 시기의 여성들을 주체로 불러내어 통합시 키는 가부장적 지배담론에 연결된다. 남편은 화자를 환자로 규정하 고 처방하는 것에 의해 절대적 권위를 가지게 되고, 화자는 남편의 질서에서 환자라는 위치에 갇혀 있는 수동적이고 종속적인 주체이 다. 화자가 자신에게는 어느 정도의 일과 글쓰기가 더 좋을 것이라 고 생각하면서 가족이 알지 못하도록 비밀리에 일기를 써 나가는 것은 지배담론이 이데올로기적으로 은폐하고 억압하는 자신의 목 소리를 찾고자 하는 시도이다.

「누런 벽지」에서 자신의 삶에 밀착되어 있는 화자의 글쓰기는 19세기 말 미국의 남편/아내의 성(性)정치학(sexual politics)과 의사/

환자의 의학담론에 대한 저항의 수단이다. 화자를 아내와 환자로 구성하는 이 지배담론들은 더 크게는 유럽 백인 남성 중심주의에 연결된다. 산드라 길버트(Sandra Gilbert)와 수잔 구바(Susan Gubar)는 이 이야기는 "읽고 쓸 능력이 있는 여성들이 자신들의 '말 못할 고통'을, 말할 처지만 된다면 모두 말하고자"(89) 할 이야기이며, 작자 길먼은 글쓰기를 통해 자신을 표현할 수 있었다고 평가한다. 화자의 광기 어린 행동이 가부장 사회에의 효과적인 저항과 탈출의 성공인지에 대해서는 여러 논의가 있지만, 왜 쓰는지 자신도 이유를 모른다고 고백하면서도 쓴다는 사실 자체에서 위안을 받는 화자의 자신에 대한 글쓰기는 스스로의 정체성을 구성하는 수단이 된다.

자신이 사용하는 방의 이상하고 기분 나빠 보이는 벽지의 색깔과 무늬에 대한 불평은 남편에 의해 무시되고 쓸데없는 환상으로 치부된다. 벽지에 대한 대화에서 남편의 태도를 확인한 화자는 이후 벽지의 무늬에서 희미한 여자의 형상과 그 여자를 가두고 있는 창살을 찾아낸다. 이 무늬를 우리는 남편의 담론과 화자의 저항이 충돌하는 하나의 장(場)으로 읽을 수 있다. 그것은 남편이 의학 담론 내에서 환자로 규정된 화자를 가두어두는 공간이면서, 계속적인 탈출이 시도되는 공간이다. 캐서린 골든(Catherine Golden)이 이 이야기를 "겹쳐 쓴 양피지"(a double palimpsest)로 읽는 것은(296) 환자/여성을 재현하고 그 위치를 부여하는 의학/남성적 언어와, 벗어나기 힘든 이 언어적 질서 이면에 있는 작가의 고통스러운 자서전적 글쓰기의 과정에 대한 은유이다. 이 글쓰기는 따라서 누군가에 의해 재현되기를 거부하는 것과 억압된 자신의 목소리를 되살려내고자 하는 길먼의 시도이다.

(4) 디지털 자서전과 자아 정체성

길먼이 자신의 이야기를 화자를 통해 자서전적 형식으로 써 나
가면서 찾고자 하는 것은 지배 질서에 의해 주어지는 주체에 표현
되지 못한 자신의 모습이다. 마찬가지로 우리는 자서전적 디지털
스토리텔링의 가치를 자신에 대한 이야기를 만들고 보여주는 것을
통해 자아 정체성을 구성할 수 있는 수단이라는 점에서 찾을 수 있
다. 자신의 삶을 남성/의학 담론의 세계에서 분리해서 대단히 개인
적인 시각으로 이해하고자 했던 길먼의 태도를 우리는 디지털 자
서전의 기본 정신에서도 확인할 수 있다. 버나진 포터(Bernajean
Porter)는 좋은 디지털 스토리텔링의 조건 여섯 가지를 열거하고 있
는데 그것은 (1) 자신의 이야기 속에 살아가는 것, (2) 얻어진 교훈
을 보여주는 것, (3) 창조적 긴장을 개발하는 것, (4) 이야기를 경제
적으로 표현하는 것, (5) 이야기하지 않고 보여주는 것, (6) 기법을
개발하는 것이다. 이 중 우리는 첫 번째 조건에 주목해 볼 수 있는
데, 포터는 자신의 이야기 속에서 살아간다는 것의 의미를 "디지털
스토리텔링은 저자들이 말해지고 있는 이야기와 맺고 있는 매우 개
인적이고 정서적인 관계에 대해 쓰도록 자극한다. 스토리텔링의 힘은
어떤 사건이나 다른 누군가의 삶에 대해 쓰는 것에 있지 않고, 배경,
세부사항, 그리고 사건들을 그 경험을 가지고 자신의 이야기를 말하
는 쪽으로 초점을 옮기는 데 있다."고 설명한다.[16]

---

16 Bernajean Porter, "The Art of Digital Storytelling." 17 July 2008.
   〈http://www.digitales.us/ArtOfStorytelling.pdf〉

삶에 대한 이와 같은 접근은 디지털 기술을 통해 일상적 삶의 미세한 부분까지 포획하고자 하는 자본의 거대담론에 저항하는 것이기도 하다. "디지털이 자본 축적의 가장 세련된 기술적 마디로 기능하고 있다."(윤인로 46)는 윤인로의 지적은 '디지털 자본주의'(digital capitalism)에 의한 거대하고 정교한 감시사회에 대한 경고로 읽을 수 있다. 인쇄술은 말을 페이지 위에 균질화된 음성기호들로 바꾼 결과 개별화되고 표준화된 근대적 주체들을 양산하고 (Eisenstein 56), 자본주의는 이들을 다시 자유로운 소비주체로 편입시킴으로써 그 체제를 유지하고 확대했다. 내러티브 엔터테인먼트가 강조하는 상호작용성이 표면상 가능하게 해 주는 일괄적인 표준화로부터 벗어날 수 있는 가능성의 이면에는 인쇄술보다 훨씬 복잡한 디지털 기술이 만들어 놓은 거대한 망에 의한 통제의 위험이 있다. 레프 마노비치(Lev Manovich)는 상호작용성에 대해 "우리는 미리 프로그램된, 객관적으로 존재하는 관계들을 따르도록 요구받는다."고 하면서 이것은 개인을 상호작용성 속으로 호명해서 다른 누군가의 정신 구조를 자신의 것으로 오인하도록 만드는, 루이 알튀세르(Louis Althusser)적 의미에서의 이데올로기적 작용이라고 설명한다(61). 따라서 가부장 사회의 호명을 거부하고 자신의 삶을 성찰하면서 스스로 의미를 부여하는 수단으로서의 자서전적 글쓰기인 「누런 벽지」와 마찬가지로, 자서전적 디지털 스토리텔링은 디지털 기술 사회의 포섭에 저항하면서 자아 정체성을 회복하는 방법이 될 수 있다.

3) 결론

사진, 영상, 소리 등 하이퍼미디어적 특성을 가지는 디지털 스토리텔링은 구전시대의 스토리텔링이 가지고 있었던 공감각적 표현을 회복시키는 면이 있다. 활자 매체가 논리적, 추상적, 개념적 사고를 조장하는 반면, 공감각성은 개인의 삶에 대한 이야기를 하는 데 있어서 감성적, 구체적, 정서적 표현의 가능성을 넓혀 놓는다. 여기에 웹을 통한 공유가 가능해짐으로써 이전에는 사소한 것으로 치부되었던 개인적 삶의 이야기들을 별 어려움 없이 많은 사람들에게 전달할 수 있게 되었다. 자신의 삶을 능동적으로 구성하고 공유하는 것은 제한적인 상호작용성을 통해 미리 프로그램된 거대한 디지털 체제에 수동적으로 편입되는 것에 대한 하나의 대안이 될 수 있다. 자신에 대한 서사를 만들어 내는 것을 통해 정체성을 스스로 구성하고자 하는 것이 디지털 스토리텔링의 기본 정신이 될 수 있기 때문이다.

디지털은 인쇄 문화에 의해 조장되고 확고하게 굳어진 저자와 독자의 구분을 흐리게 만들고 전문적인 작가들의 힘을 약화시킨다. 물론 이런 현상이 독자의 서사에의 참여를 허용하는 상호작용성에서 기인하는 면이 있기는 하지만, 자신의 삶에 의미를 부여하는 데 있어서 권위적인 서사보다는 스스로의 스토리텔링을 이용할 수 있게 된 데에서도 그 원인을 찾을 수 있다. 자서전적 디지털 스토리텔링에 대한 성찰과 논의는 이런 방향에서 진행될 수 있을 것이다. 또한 이와 관련하여 잠재적인 자서전 저자들에게 요구되는, 디지털 정보와 자료들을 이해하고 다룰 수 있는 능력을 뜻하는 '디지털 리터러시'(digital literacy)에 대한 논의도 필요한 것으로 보인다.

≪ 인용문헌

고 욱. 이정엽, 「디지털 스토리텔링의 역사와 장르」, 『디지털 스토리
텔링』. 고욱. 이인화 외, 황금가지, 2003, pp.39 – 49.

이인화, 「디지털 스토리텔링 창작론」, 『디지털 스토리텔링』, 고욱. 이인
화 외, 황금가지, 2003, pp.12 – 33.

이정엽, 『디지털 게임, 상상력의 새로운 영토』, 살림, 2005.

윤인로, 「놀이는 구속이다 – 전자문학의 내적 논리 비판」, 『문학과 문화,
디지털을 만나다』, 김영주. 윤인로 외, 산지니, 2008, pp.39 – 58.

정형철, 『영미문학과 디지털 문화』, 부산외국어대학교 출판부, 2008.

Adams, Gilly. "Finding the Story." 28 July 2008.<http://www.bbc.co.uk/
wales/audiovideo/sites/about/pages/findingstory.shtml>

Bricklin, Dan. "The Digital Storytelling Festival." 19 July 2008.
<http://www.bricklin.com/webphotojournals/dstory>

Darley, Andrew. *Digital Visual Culture: Surface Play and Spectacle in New
Media Genres,* London: Routledge, 2000.

Eisenstein, Elizabeth L. *The Printing Revolution in Early Modern Europe,*
Cambridge: Cambridge UP, 1983.

Gilbert, Sandra and Susan Gubar. *The Madwoman in the Attic: The Woman
Writer and the Nineteenth – century Literary Imagination,* New Haven:
Yale UP, 1984.

Gilman, Charlotte Perkins. *The Yellow Wallpaper,* New York: Feminist P,
1973.

_____, "Why I Wrote 'The Yellow Wallpaper?'" In Catherine Golden
(Eds.), In *the Captive Imagination: A Casebook on* The Yellow
Wallpaper, New York: Feminist P, 1992, pp.51 – 53.

Golden, Catherine. "The Writing of 'The Yellow Wallpaper': A Double
Palimpsest." In Catherine Golden(Eds.), In *the Captive Imagination:*

A Casebook on The Yellow Wallpaper, New York: Feminist P, 1992, pp.296 − 306.

Hedges, Elaine. "Afterword." In *The Yellow Wallpaper,* By Charlotte Perkins Gilman, New York: Feminist Press, 1973, pp.37 − 63.

Lambert, Joe. "Center for Digital Storytelling." 18 July 2008.
<http://www.storycenter.org>

Lyotard, Jean François. *The Postmodern Condition: A Report on Knowledge,* Trans, Geoff Bennington and Brian Massumi. Minneapolis: U of Minnesota P, 1984.

Manovich, Lev. *The Language of New Media,* Cambridge: MIT P, 2001.

Meadows, Daniel. "Photo Bus." 19 July 2008.
<http://www.photobus.co.uk>

Miller, Carolyn Handler. *Digital storytelling: A Creator's Guide to Interactive Entertainment*, Amsterdam: Elsevier/Focal Press, 2004.

Porter, Bernajean. "The Art of Digital Storytelling." 17 July 2008.
<http://www.digitales.us/ArtOfStorytelling.pdf>

Wikipedia. "digital storytelling." 23 July 2008.
<http://en.wikipedia.org/wiki/Digital_storytelling>

색인···

원 철

1997년 석사학위(부산외국어대학교 영어영문학과)
2006년 박사학위(부산외국어대학교 영어영문학과)
1998년~현재, 부산외국어대학교 영어학부, 부산대학교 강사

포스트구조주의와 문학

초판인쇄 | 2009년 3월 16일
초판발행 | 2009년 3월 16일

지은이 | 원 철
펴낸이 | 채종준
펴낸곳 | 한국학술정보㈜
주 소 | 경기도 파주시 교하읍 문발리 513-5 파주출판문화정보산업단지
전 화 | 031) 908-3181(대표)
팩 스 | 031) 908-3189
홈페이지 | http://www.kstudy.com
E-mail | 출판사업부 publish@kstudy.com

등 록 | 21,000원
가 격 |

ISBN 978-89-534-1310-8 93840 (Paper Book)
       978-89-534-1311-5 98840 (e-Book)